http://www.bbulmedia.com

Kerberos
켈베로스

Kerberos

1판 1쇄 찍음 2015년 5월 26일
1판 1쇄 펴냄 2015년 5월 29일

지은이 | 임준후
펴낸이 | 정 필
펴낸곳 | 도서출판 **뿔미디어**

편집장 | 이재권
기획 · 편집 | 윤영상

출판등록 | 2002년 9월 11일 (제1081-1-132호)
주소 | 경기도 부천시 원미구 소향로 17번길(두성프라자) 303호 (우)420-864
전화 | (032)651-6513 / 팩스 032)651-6094
E-mail | bbulmedia@hanmail.net
홈페이지 | http://bbulmedia.com

값 8,000원

ISBN 979-11-315-6353-3 04810
ISBN 979-11-315-1140-4 04810 (세트)

Kerberos

9 켈베로스

BBULMEDIA FANTASY STORY

임준후 현대 판타지 장편 소설

목차

제1장

대전 중구 석교동의 주택가.

"헥헥헥헥헥."

미친 듯이 뛰던 구장달은 단독주책의 담장 사이로 몸
을 숨겼다. 그는 두 손으로 무릎을 짚으며 허리를 숙였
다.

거칠어진 숨결이 영화 속 증기기관차의 증기처럼 뿜어
져 나왔다. 심장이 터질 듯 두근거렸다.

그는 구역질이 나려는 입을 손으로 틀어막으며 쭈그려
앉았다.

잠시 후, 속이 가라앉은 그는 기관총을 쏘듯이 욕을

해댔다. 두려움과 짜증이라는, 어울리지 않는 감정이 복합된 목소리였다.

"씨부럴, 미친년. 귀신은 뭐하나, 그런 년 안 잡아가고…….'"

비 맞은 것처럼 흘러내리는 땀을 손바닥으로 슥슥 닦아내며 누군가에게 정신없이 욕을 해대던 그가 하늘을 올려다보았다.

옅은 구름이 하늘을 가리고 있어서 달도 별도 보이지 않았다. 9월이 코앞이어서인지 선선한 기운이 느껴졌다.

낮처럼 더웠다면 그는 뛰다가 쓰러졌을지도 몰랐다.

"부처님, 하나님, 예수님. 제발 쌍년이 다른 길로 가게 해주십시오! 이번 주부터 절이든 교회든 다닐 테니 저를 불쌍하게 여기시고 그년의 마수에서 벗어날 수 있도록 해주십시오!"

입만 벙긋거리며 열심히 기도를 하던 그가 가만히 귀를 기울이더니 조심스럽게 머리를 내밀어 골목을 살폈다.

아무도 보이지 않았다.

4미터 정도 앞에 있는 전봇대 때문에 시야가 제대로 확보되지 않은 그는 머리를 좀 더 내밀었다.

따악!

"으악!"

퍼석!

시원한 타격음과 함께 뒤통수를 제대로 얻어맞은 구장달이 땅에 코를 박으며 널브러졌다.

"아우 씨부럴……."

욕을 내뱉으며 상체를 세우는 구장달의 얼굴은 피범벅이었다.

엎어지며 코가 깨진 것이다.

"미친년에 쌍년에… 어디 더해봐. 몇 년 못 봤더니 간이 많이 커졌는데, 구. 장. 달!"

듣기 좋은 목소리였다. 하지만 구장달은 집을 나서기 전 정화수를 떠놓고 그 목소리의 주인과 만나지 않기를 매일 기도하며 살아왔다.

그는 자리에서 일어났다.

팽!

엄지와 검지로 피가 고인 코를 기세 좋게 풀어낸 그의 태도가 갑자기 고양이 앞의 쥐처럼 바뀌었다.

그가 눈앞의 여인을 본 지 몇 년이나 되었다. 하지만 그녀는 세월이 비껴가기라도 한 듯 바뀐 게 하나도 없었다.

파란 반소매 셔츠에 스판 청바지, 앞코가 날카로운 구두.

긴 생머리와 가슴을 벌렁거리게 만드는 글래머러스한 몸매.

이런 관계로 만나지만 않았다면 목숨이라도 걸고 싶을 정도로 여인은 아름다웠다.

그는 두 손을 비비며 이수하를 향해 말했다.

"이… 이 형사님… 무슨 말씀을……. 저는 그런 욕, 한 적 없습니다요."

"구라치지 마, 새끼야. 나, 귀에 말뚝 박고 살지 않거든!"

"지… 진짜인데… 요오오……."

퍽!

"비명 지르면 한 대 더 깐다."

정강이 촛대뼈에 조인트질을 당한 구장달은 비명이 터지려는 입을 손으로 틀어막으며 펄쩍펄쩍 뛰었다.

'진짜 이 미친년 좀 누가 진급시켜서 대전 좀 떠나게 해달라고!'

구장달은 비명처럼 속으로 애원했다.

하지만 평생 크리스마스와 부활절에만 초코파이와 달

같을 얻어먹으러 교회와 절에 다녔던, 그것도 이십대가
되면서는 한 번도 그런 곳에 가지 않은 그의 기도를 들어
줄 호구 같은 신이 있을 턱이 없었다.

"이 형사님⋯ 이거 독직⋯ 폭행이라고요⋯⋯."

이수하의 눈꼬리가 하늘로 곤두섰다.

"선수가 왜 이래? 체포 전에 패는 건 검판사 누구도
시비 안 건다는 걸 알면서 그런 개소리냐? 손 내놔."

이수하는 허리춤에서 수갑을 꺼내 앞으로 내밀었다.

구장달이 이수하의 눈치를 보며 애원했다.

"도망 안 칩니다. 저도 네 번이나 학교(교도소)를 다
녀 온 소셜 포지션이 있는 남잔데 쪽팔리게 수갑은
좀⋯⋯."

"이 새끼 못 본 사이에 정말 말 많아졌네. 까는 소리
하지 말고, 내밀어!"

구장달의 애절한 눈빛과 목소리는 이수하에게 씨알도
먹히지 않았다.

구장달은 힘없이 두 손을 내밀었다.

저항할 생각 같은 건 전혀 들지 않았다.

이수하는 몸만 여자였지, 성정은 남자 저리 가라 할
정도로 거칠었다.

그녀의 성격은 본래 지랄 맞았다.

오죽하면 별명이 미친년일까.

그런데 무슨 일이 있었는지 알 수는 없어도 5년 전쯤부터 그녀는 이전보다 더 거칠어졌다.

대전 뒷골목에는 그녀에게 잡히지 않으려고 저항하던 자들 중에 다리뼈가 부러지거나 총알 세례를 받은 놈들이 한둘이 아니라는 소문이 파다했다.

만약 그가 저항을 한다면 아마도 그녀는 그의 허벅지에 두어 발 총알을 박아 넣고 나서 수갑을 채울 터였다.

이수하는 거침없이 그의 손목에 수갑을 채웠다.

"도둑질하다 토낀 게 죄고, 변호사 선임해도 되고, 진술 거부해도 되고, 체포구속적부심청구해도 되고. 이것저것 귀찮으면 안 해도 되고."

어깨를 축 늘어뜨린 구장달이 자신의 목덜미를 잡는 이수하를 향해 중얼거리듯 말을 건넸다.

"바뀐 게 하나도 없으시네요. 여전히 성의가 없으신 미란다니다요."

"사람이 갑자기 바뀌면 죽을 때가 된 거야."

이수하는 심드렁하게 말을 받으며 걸음을 옮겼다.

그녀와 어깨를 나란히 하고 걷던 구장달이 힐끔 그녀

를 곁눈질하며 말했다.

"그래도 조금은 바뀌셨습니다요. 구두굽이 좀 낮아진 것 같은데요."

"나도 나이를 먹었는지 몸이 예전 같지가 않아. 킬힐 신고는 너처럼 잘 뛰는 놈 잡기 좀 힘들더라고."

"계속 그거 신으시지… 왜 구두는 바꾸셔 가지고……."

퍽!

이수하가 휘두른 손바닥에 뒤통수를 제대로 맞은 구장달은 금방이라도 눈물을 텀벙거리며 울 거 같은 얼굴이 되어 입을 꾹 다물었다.

'쌍년…….'

타타타타탁!

두 사람의 귀에 누군가 뛰어오는 발걸음 소리가 들렸다.

"이 형사님!"

굵은 사내의 목소리였다.

"박 형사, 여기야!"

이수하가 톤을 높여 소리를 질렀다.

발걸음 소리가 가까워지더니 190센티에 120킬로는

가볍게 넘을 것 같은 거구의 청년이 나타났다.

이십대 후반 정도로 보이는 그는 몸에 붙는 반팔 티에 카키색 작업복 바지를 입고 있었는데, 움직일 때마다 우람한 근육이 물결치듯 움직였다

보디빌더처럼 몸이 좋은 남자였다.

그가 사람 좋은 미소를 지으며 말했다.

"잡으셨네요."

"뛰어야 벼룩이지. 이놈이 내 손을 빠져나간 역사는 없어."

"사실이긴 하지만 그래도… 좀 존중을…….."

퍽!

"우… 씨… 자꾸 뒤통수를 치시면 정말 독직 폭행으로 꼬바를 겁니다… 요…….."

퍽!

"그러게 누가 토끼래, 이 자식아! 너하고 나하고 그런 사이냐? 벌써 10년 넘게 얼굴을 봤고, 앞으로도 수십 년 계속 볼 사인데, 어차피 잡힐 거 서랄 때 서면 너도 편하고 나도 편하고 얼마나 좋아! 죽어라 뛰다 잡히면 좋냐? 이 새끼야, 너 일부러 나 괴롭히려고 뛴 거 맞지, 그치?"

"무슨 말도… 안 되는… 말씀을… 억울합니다요! 전

정말 결백하다고요!"

'서랄 때 서는 도둑놈 봤냐고! 이 미친년아!'

퍽!

"결백이 뒷머리 잡고 쓰러지는 소리 해대고 있네."

이수하는 구장달의 뒷덜미를 잡아 조원인 박민호에게 밀었다.

박민호는 웃으며 솥뚜껑 같은 손으로 구장달의 한쪽 팔을 잡았다.

이수하가 말했다.

"가자."

박민호와 구장달을 앞세우고 느긋하게 걸음을 옮기던 이수하가 고개를 들었다.

구름 속에 숨었던 달이 빠끔히 얼굴을 내밀고 있었다.

이수하의 눈빛이 흐트러졌다.

누군가의 얼굴이 떠올랐기 때문이었다.

윤곽선이 뚜렷하고 눈빛이 강한 사내의 모습.

이수하는 이를 악물었다.

'5년이나 지났는데 어제 일 같네⋯ 빌어처먹다 얼어 죽을⋯⋯.'

쌍욕이 입안에서 굴러다녔다.

이제는 잊힐 만도 한데 그의 모습은 시도 때도 없이 그녀의 마음속을 파고들어 왔다. 그리고 그만 떠올리면 가슴이 답답해져서 악이라도 쓰며 난장을 치고 싶어졌다.

'어떤 돌팔이 새끼가 세월이 약이라고 한 거야. 시간이 지나도 상처가 아물 생각을 전혀 하질 않고 있는데…….'

그녀는 길게 심호흡을 하며 도리질을 했다.

아무리 심정이 지랄 같다 해도 자신을 하늘처럼 존경하는 후배 앞에서 깽판을 칠 수는 없는 노릇이었다.

그녀는 어깨에 힘을 주며 걸음을 옮겼다.

머리가 복잡할 때는 일에 집중하는 게 약이었다.

*   *   *

동굴 속을 흐르는 공기는 희미한 붉은 빛을 띠고 있었다. 마치 붉은 안개로 가득 차 있는 것 같았다.

뚜벅뚜벅.

유스푸는 귓전을 두드리는 발자국 소리를 들으며 주춤주춤 뒤로 물러섰다. 몇 걸음 물러서기도 전에 등이 차가운 벽에 닿았다.

그가 있는 곳은 가장 구석에 있는데다 허리를 굽혀야 들어갈 수 있는 구조라 평소에는 아무도 드나들지 않는 동굴이었다.

식은땀으로 뒤덮인 그의 얼굴엔 한 점의 핏기도 보이지 않아 마치 죽은 지 몇 시간 지난 시체를 보는 듯했다.

십여 분 동안 동굴을 뒤흔들던 처절한 비명 소리와 콩을 볶는 듯하던 총소리가 더는 들리지 않았다.

뚜벅뚜벅.

들리는 건 그가 있는 곳으로 다가오고 있는 규칙적인 발자국 소리뿐이었다.

'꿀꺽… 사… 사람… 이었단 말인가……'

유스푸의 목젖이 크게 움직였다.

첫 비명 소리가 들렸을 때 그는 감시실에서 모니터를 보고 있었다. 화면에 잡히는 건 환상 같은 붉은 빛이 공간을 번개처럼 가로지르는 것밖에 없었다.

홍광이 가로지르고 난 뒤엔 조각나서 형체를 알아볼 수 없게 된 부하들의 시신과 허공을 붉게 물들이는 피보라만 남았다.

부하들은 홍광이 번뜩이는 곳에 대고 AK-47을 난사했다. 개중에는 천막의 무기고에서 대전차포를 꺼내 쏴대는 자도 있었다.

엄청난 폭발음과 화광이 동굴을 환하게 밝혔다. 뼈와 살로 된 사람이라면 견딜 수 없는 폭발이었다. 하지만 소용없는 짓이었다.

홍광은 부하들의 처절한 몸부림을 비웃으며 제 갈 길을 갔다.

그것은 공간을 쉬지 않고 갈랐고, 그때마다 유스푸의 부하들 몇 명은 어김없이 육편 조각이 되었다.

상황은 10분이 되기도 전에 종결되었다.

동굴에서 살아 숨을 쉬는 건 유스푸와 부관인 아마디, 그리고 감시실에 있던 담당자, 이렇게 셋밖에 없었다.

무서울 정도의 적막에 잠긴 동굴, 그때 들리기 시작한 게 발자국 소리였다.

유스푸는 반사적으로 지금 있는 동굴로 도주했다.

눈에 보이지 않는 적이었다. 백여 명이 넘는 부하들이 탄막을 구성해 집중사격을 하고, 대전차용 유도미사일까지 쏴대도 막지 못한 적이기도 했다.

어쩌면 정말 악마일지도 모르는 적과 싸우는 건 불가능했다. 어리석은 짓이기도 했고.

아마디와 감시실 담당자는 관심도 가지지 않았다.

이제 중요한 건 다른 누구도 아닌, 그 자신이 살아남는 것이었다. 세상에서 그보다 절박한 일은 아무것도 없었다.

침이 입안에 가득 고였다. 하지만 유스푸는 그것을 삼키지 못했다. 침이 목을 넘어갈 때 나는 작은 소리가 악마를 불러들일까 겁이 났다.

심장을 조이는 공포 때문에 숨쉬기도 거북했다.

그는 이를 악물며 조심스럽게 권총의 방아쇠에 손을 올려놓았다.

제발 악마가 자신을 찾지 못하길 바랐다. 권총으로 그것을 잡을 수 있으리라는 믿음은 생기지 않았다. 하지만 그가 기댈 수 있는 건 손에 든 베레타뿐이었다.

그의 등이 닿은 막다른 벽과 동굴 입구까지는 3미터 정도밖에 되지 않았다. 2미터 정도는 허리를 숙여야지만 들어올 수 있었다.

악마라도 이곳에 들어오려면 허리를 숙여야 할 테고, 그러면 머리에 대고 권총을 쏠 수 있는 타이밍을 얻을 수 있을지도 몰랐다.

뚜벅 뚜벅.

이어지던 발자국 소리가 동굴 입구에서 멈췄다.

유스푸는 벌벌 떨리는 손을 들어 올렸다.

휘리릭!

기묘한 소리에 유스푸는 눈을 크게 떴다. 그 소리가 채찍을 휘두를 때 나는 소리와 비슷하다는 생각이 뇌리를 스쳐 지나가던 찰나,

"컥!"

무언가 동굴 안으로 날아 들어와 그의 목을 휘감더니 가공할 힘으로 잡아당겼다.

쾅!

유스푸는 허공을 날아 동굴의 천장에 부딪쳤다가 바닥에 떨어졌다. 그 충격에 그가 들고 있던 권총이 바닥에 떨어졌다.

"켁켁켁!"

유스푸는 목을 휘감고 있는 것을 두 손으로 부여잡았다. 머릿속이 하얗게 변했다. 다른 생각은 모두 사라졌다.

그것은 무서운 힘으로 그의 목을 조이고 있어서 금방이라도 부러질 것 같았다.

질질질.

곰이 잡아당기기라도 하는 것 같았다.

유스푸는 한순간도 버티지 못하고 끌려 나갔다.

털썩.

유스푸의 눈은 반쯤 뒤로 돌아갔고, 입술을 비집고 길게 삐져나온 혀를 따라 걸쭉한 침과 거품이 흘러내렸다.

목을 휘감았던 것이 조금 헐거워졌다.

막혔던 기도가 열리면서 숨쉬기가 조금 편해졌다.

"허억, 허억!"

거세게 숨을 들이 마신 유스푸는 연신 눈을 껌벅였다. 흐릿하던 눈앞이 조금 밝아지는 것을 느꼈다.

동굴은 곳곳에 켜놓은 전등과 치솟고 있는 불길로 인해 아주 환하게 변해 있었다.

유스푸는 자신을 내려다보고 있는 남자를 볼 수 있었다.

무표정한 얼굴의 동양인 남자였다.

그가 유스푸의 눈을 들여다보며 말했다.

"난 다른 사람에게 허리를 숙이는 걸 별로 좋아하지 않아서 말이야."

유스푸는 남자가 왜 동굴에 들어오지 않았는지 그 이유를 말하고 있다는 것을 깨달았다.

평소라면 웃을 수도 있었을 것이다. 하지만 지금은 소름이 끼칠 뿐이었다. 사내는 분명 인간이 아니라 이블리스(악마)였다.

저자가 인간이라면 그가 보았던 것과 같은 짓이 가능할 리가 없었다.

"아우두 비 알라 민 알 샤이타니 알 라짐(내가 알라신의 품 안에서 사탄에게서 보호를 받으리라). 아우두 비 알라 민 알… 아우두 비 알라……."

그는 정신없이 보호의 기도문을 암송했다.

유스푸의 목을 감고 있는 가죽 띠의 끝을 잡은 채 이혁은 무심한 눈으로 그가 하는 짓을 바라보았다.

그의 얼굴은 낯이 익었다.

하루카가 보여주었던 사진에 있던 자, 이 북부 지역을 책임지고 있다는 유스푸가 틀림없었다.

이혁은 말없이 바닥에 쓰러져 있는 그의 오른손을 발로 밟았다.

우두두둑!

"으아악!"

오른손이 으깬 감자처럼 된 유스푸가 기도문 대신 비명을 질렀다. 소리가 잦아들기 전 이혁은 같은 발로 그의 왼손을 밟았다.

우두두둑!

"어으… 어으……!"

유스푸는 입을 딱 벌렸다. 끔찍한 고통으로 인해 그는 비명조차 제대로 지르지 못했다. 그의 고개가 툭 떨어졌다. 기절한 것이다.

"알아들을 수 없는 말을 하려면 차라리 입을 다물고 있어라."

이혁은 중얼거리며 손에 든 가죽 띠를 던져 버리고 대신 유스푸의 머리를 움켜잡았다.

질질질.

철퍽철퍽.

터틱. 투덕. 턱틱. 턱.

혼미한 상태로 질질 끌려가던 유스푸는 몸이 무언가에 잠기기도 하고 부딪치기도 하는 느낌에 정신을 차렸다.

먼저 느껴진 것은 머리카락이 뜯겨 나가는 듯한 무시무시한 고통이었다.

그는 힘겹게 눈을 떴다.

그의 전신이 부르르 떨렸다.

그의 몸은 피에 잠겨 있었다.

몸이 움직일 때마다 튀어 오른 핏물이 입술에 부딪쳤다. 곳곳에 연못을 이룬 핏물은 유스푸가 지나갈 때마다 파도처럼 출렁거렸다.

무언가 부딪치는 느낌을 준 건 살과 뼈가 뒤엉킨 조각들이었다. 그것들은 네모반듯하게 잘려 있었다.

피와 육편 조각들이 지면을 뒤덮고 있었다. 부하들이 마지막으로 남긴 흔적이었다.

유스푸의 얼굴이 공포로 인해 거무죽죽하게 변했다.

그는 자타가 공인할 정도로 무자비한 인물이었다.

직접, 혹은 부하들을 시켜 수백 명이 넘게 사람을 죽이기도 했고, 동굴 밖의 구덩이에서 보듯 사람을 태워 죽인 적도 한두 번이 아니었다.

하지만 그런 그도 지금 주변 광경과 같은 장면을 만들어낸 적은 없었다.

동양인의 껍데기를 뒤집어쓰고 있는 이 남자는 진짜 악마, 이블리스였다.

하루카는 이혁이 누군가의 머리채를 휘어잡고 동굴을 나오는 것을 보았다.

요란한 총소리와 대포를 쏘는 듯한 굉음, 그리고 끔찍

한 비명이 쉴 새 없이 새어 나와서 속이 재로 변한 듯한 기분이 들 즈음이었다.

사방이 어둠에 잠긴 데다 동굴 안에서 새어 나오는 불빛을 뒤로 받고 있어서 이혁의 얼굴은 보이지 않았지만 체형만으로도 그를 알아보는 건 어렵지 않았다.

그녀의 눈에 자신도 모르는 사이 눈물이 핑 돌았다.

그녀는 숨어 있던 곳에서 지체 없이 튀어나갔다.

이혁이 저렇게 보통 걸음으로 걷고 있는데도 안전하다는 건 동굴 안팎의 위험이 완전히 제거되었다는 것을 의미했다.

이혁의 앞까지 달려가 입을 열려던 그녀는 그대로 얼어붙었다.

이혁에 의해 머리채를 잡힌 사내는 핏물에 담갔다가 꺼낸 것처럼 전신이 시뻘겋게 절여져 있었고, 정체를 알 수 없는 뼈와 살 조각들이 몸에 다닥다닥 붙어 있었다.

이혁도 피칠갑을 한 건 별다를 바 없었다.

그녀는 떨리는 목소리로 물었다.

"괜찮아요? 다치진 않았어요?"

이혁은 고개를 저었다.

"멀쩡하니까 걱정하지 마시오. 그것보다 이자에게 아

메네가 어디에 있는지 물어보시오."

이혁은 유스푸를 하루카의 앞에 툭 던졌다.

"이자는……?"

"유스푸일 거요. 당신이 보여주었던 사진 속의 인물과 얼굴이 같으니까."

"유스푸!"

하루카는 놀란 숨을 삼키며 쓰러져 있는 자를 자세히 훑어보았다.

바닥에 힘없이 널브러져 있는 남자는 미친 사람처럼 눈이 반쯤 돌아가 있었다.

핏물에 담갔다 꺼낸 듯 붉은 물이 줄줄 흐르는 머리카락과 구레나룻이 얼굴을 가리고 있어서 이목구비를 확인하기가 쉽지 않았다.

'설마……'

하루카는 손을 들어 누워 있는 자의 머리카락을 치웠다.

낯익은 얼굴이 드러났다.

그녀의 안색이 딱딱하게 굳었다.

설마가 현실이 되었다.

"유스푸… 타크리티……."

신음과도 같은 이름이 그녀의 입술 사이로 흘러나왔다.

분명 정부에서 지명수배 한 북부 지역 무장 단체의 리더들 중에서도 가장 잔인하다고 알려진 유스푸 타크리티였다.

그녀는 괴물이라도 보는 듯한 얼굴이 되어 이혁과 유스푸를 번갈아 쳐다보았다.

눈앞에서 보고 있는데도 그녀는 믿을 수가 없었다.

단독으로 이백의 무장 단체 대원을 이끌고 있는 유스푸를 사로잡다니.

세상 사람 아무도 믿지 않을 일이었다. 그러니 코앞에서 보고 있는 그녀도 이게 현실인지 꿈인지 분간하기가 쉽지 않았다.

그녀가 어안이 벙벙해 있는 동안 유스푸가 꿈틀거리며 상체를 일으켰다. 그리고 책상다리를 하고 앉았다.

"후욱… 후욱……."

그는 거친 숨을 몰아쉬며 이혁을 올려다보았다.

"죽여라."

유창한 영어였다.

이혁의 눈이 빛났다.

그가 하루카를 보며 말했다.

"일이 쉬워질 것 같군."

그리고 시선을 내려 유스푸와 눈을 맞췄다.

그가 덤덤한 어투로 말했다.

"죽이긴 할 테지만 아직은 아니야."

유스푸는 피식 웃었다.

"듣기 좋은 말을 할 줄 모르는군. 무슨 짓을 해도 네가 원하는 말을 들을 수는 없을 거야. 그러니까 심력을 소모할 필요 없이 죽여."

이혁의 입꼬리가 올라가며 흰 이가 드러났다.

"너처럼 얘기했던 자들이 몇 명 있었지. 그들이 어떻게 되었는지 궁금하지 않나?"

"……."

유스푸는 말없이 이혁을 바라보았다.

이혁은 그의 눈에 떠오른 빛이 체념과 묘한 비웃음이라는 것을 알았다.

유스푸는 길게 숨을 내쉬었다. 부들거리던 어깨와 손이 진정되는 것이 느껴졌다. 삶에 대한 희망을 버리자 전신을 떨게 만들던 두려움이 사라진 것이다.

그는 이제 이혁을 두려워하지 않았다.

이혁이 소리 없이 웃으며 말했다.

"다 계집 같은 놈들이었어. 끝까지 입을 다물고 있던 놈은 하나도 없었지. 어떻게 그렇게 되었는지 궁금하지 않나?"

"NO!"

유스푸는 귀찮다는 얼굴로 눈을 감아버렸다.

그의 입에서 일정한 리듬이 실린 기도문이 흘러나왔다.

"아슈하두 안 라 일라하 일랄라 와 아슈하두 안나 무함마단 라술룰라(알라 외에 다른 신은 없으며, 무함마드는 알라의 예언자이시니)… 아슈하두……."

하루카의 미간에 주름이 잡혔다.

유스푸가 경건한 표정으로 읊조리고 있는 건 이슬람교의 신앙 고백 기도문인 '샤하다'였다.

그가 이슬람교 오주(五柱)의 하나인 샤하다를 읊는다는 건 죽음을 각오하고 생에 대한 애착을 버렸다는 걸 의미했다.

그녀는 이슬람 근본주의를 표방하는 무장 단체의 대원들이 죽음의 운명을 받아들였을 때 얼마나 강한 의지를 보이는지 너무도 잘 알고 있었다.

이런 자의 입을 여는 건 불가능에 가깝다는 것도.

그녀는 난감한 기색으로 눈살을 찌푸렸다.

설명은 없었지만 이혁은 상황을 단숨에 이해했다.

그의 입가에 그어진 미소가 진해졌다.

뇌리에 구덩이 속에서 썩어가고 있던 벌거벗은 여인들의 모습이 떠올랐다.

그가 툭 던지듯 말했다.

"순교자 코스프레라도 하고 싶은 모양이군. 하지만 내가 그 꼴을 용납할 수가 없어서 유감이야."

그는 손바닥을 유스푸의 정수리에 올려놓았다.

유스푸의 볼 살이 보일 듯 말 듯 떨렸다.

삶에 대한 미련을 버리며 이혁에 대한 두려움이 약해지긴 했지만 완전히 사라진 건 아니었다.

이혁의 손이 몸에 닿자 유스푸의 머릿속에는 그가 보았던 장면들이 파노라마처럼 떠올랐다. 그것이 그의 마음을 다시 공포로 물들였다.

그 찰나, 이혁의 손을 통해 물이 스미듯 흘러들어간 기운이 그의 경락을 파고들었다.

유스푸는 감고 있던 눈을 떴다.

눈을 감고 있을 수가 없었다.

입을 떡 벌린 그의 눈이 찢어질 듯 커졌다. 그 가장자리가 찢어지며 핏물이 흘러내렸다.

그 핏물은 벌린 입에서 부글거리며 새어 나오던 거품과 섞여 그의 턱에 맺혔다.

"꺼억… 꺽… 꺼… 어……."

이혁은 무표정한 얼굴로 단심루에 의해 오장육부가 뒤틀리고 뼈가 조금씩 가루가 되어가고 있는 유스푸를 내려다보았다.

무영경 이십사절에 포함된 단심루는 실전된 고대의 기법, 분근착골과 착골수혼에 내가중수법이 포함된 무예였다.

본래 단심루는 목표의 정신을 장악하기 위해 창안된 기법이었다. 하지만 그 특성 때문에 고문수법으로 더 자주 사용되었다.

그것은 단심루가 사람의 육체와 정신을 파괴하는 지구상에 존재하는 많은 방법 중에서도 가장 강력하다고 평가받아도 부족하지 않은 것들 중의 하나였기 때문이다.

하루카가 주춤거리며 물러났다.

그녀의 안색은 창백하게 변해 있었다.

책상다리를 하고 있는 유스푸의 모습이 달라지고 있는

것이 그녀를 충격에 빠뜨린 때문이었다.

유스푸의 머리카락은 끝에서 조금씩 부서져 내렸다. 동시에 그의 피부도 파도에 휩쓸린 모래성처럼 푸석거리며 조각나 떨어져 내렸다.

머리카락이 없어지고 피부도 각질처럼 부스러질 때 손가락 끝과 발가락 끝이 바위에 짓이겨진 것처럼 뭉개져 나갔다.

제2장

고통 속에서 유스푸는 혀를 깨물어 죽고 싶었지만 불
가능했다. 기절조차도 할 수 없었다.

　그는 자신의 의지로 육체와 정신을 통제할 수 없었기
때문이다.

　겨울 새벽처럼 명료하게 깨어 있는 의식으로 지옥의
불길보다도 더한 고통을 지켜보는 것만이 그가 할 수 있
는 전부였다.

　그는 손목과 발목이 없어질 때까지 견뎠다. 하지만 팔
뚝과 정강이가 뭉개지다가 푸스스하며 사라지고, 뒤이어
팔꿈치와 무릎이 으스러질 때쯤 되자 더는 견디지 못했다.

악취가 진동했다.

질편하게 깔린 붉고 누런 대소변 위에서 유스푸는 벌레처럼 꿈틀거렸다. 그는 피범벅이 된 눈으로 이혁을 올려다보았다.

그 눈빛에 담긴 의미를 이해한 이혁이 그의 정수리에 다시 손을 얹었다.

단심루가 잠시 진행을 멈췄다.

유스푸가 말했다.

"제… 발… 죽여… 줘…….."

입술이 사라지고 이와 잇몸이 흰하게 드러난 그의 음성은 갈라질 대로 갈라져서 알아듣기 쉽지 않았다.

이혁이 무표정한 얼굴로 말을 받았다.

"묻는 말에 대답만 한다면 언제든 죽여주지."

유스푸는 고개를 힘없이 주억거렸다.

"뭐든지…….."

이혁이 시체처럼 얼굴이 하얗게 변한 채 가늘게 떨고 있는 하루카를 돌아보았다.

"이제 당신 차례요."

*　　　　*　　　　*

딩동딩동.

현관문 벨을 누를 때 나는 듯한 소리를 연상시키는 그
것은 소파에 던져 놓은 스마트폰에서 났다.

레나의 시선을 이리저리 피하며 식은땀을 흘리던 제라
드의 얼굴이 환희로 물들었다. 그는 후다닥 소파로 달려
가 스마트폰을 집어 들었다.

수신 버튼을 누른 직후 흘러나온 목소리는 그를 레나
라는 마녀(?)로부터 구원해 줄 수 있는 유일한 사람의
그것이었다.

"보스! 보스! 보스!"

제라드는 눈물을 글썽거리며 몇 번이나 상대를 불렀
다.

[푸우, 왜 그래?]

이혁은 휴대폰을 귀에서 살짝 떨어뜨리며 떨떠름하게
물었다.

제라드는 숨넘어갈 것 같은 목소리로 대답했다.

"미스 레나께서 와 계십니다!"

[레나가?]

이혁은 말과 함께 바로 전화를 끊어버렸다. 하지만 늦

었다.

휴대폰이 몸부림을 치며 진동했다.

이혁은 한숨과 함께 수신 버튼을 눌렀다.

"켄."

다른 때였다면 몰라도 지금은 반가워할 수 없는 목소리가 그의 귀를 파고들었다.

레나는 그의 한국식 이름이 어렵다고 제멋대로 그에게 다른 이름을 가져다 붙였다.

켄 크루아흐.

줄여서 그를 '켄'이라고 불렀다.

그 이름이 켈트족의 전설에 나오는 죽음의 마신을 의미한다는 걸 이혁이 알게 되기까지는 상당한 시간이 걸렸다.

태어나 자란 나라의 신도 잘 모르는 그가 남의 나라 전설에 나오는 신을 알고 있을 리 없었고, 사실 관심도 없었다.

[레나, 나이지리아까지 왜 왔어? 더운 지역 싫어하잖아.]

레나는 피부가 탄다고 특별한 일이 없으면 여름에 밖으로 나오려고도 하지 않는다. 그녀가 아프리카까지 온 건 대단한 사건이었다.

"켄이 이 나라에 있으니까."

레나의 대답은 당연한 걸 왜 물어보냐는 듯한 어투였다.

이혁은 팔에 왕 소름이 돋았다.

레나가 감정을 표현하는 방식은 굉장히 직설적이었다. 그래서 그는 그녀를 만난 지 5년이나 흐른 지금도 적응을 못하고 있었다.

"놀러온 거 아니야."

[일하고 있는 중이라는 얘기는 제라드에게 들었어.]

"푸우가?"

제라드는 아래위로 펑퍼짐하고 둥글둥글한 체구에 피부가 하얗고 눈이 컸다, 볼도 통통했고.

그가 눈을 껌벅거릴 때는 영락없이 곰이었다. 그런 외모 때문에 이혁은 제라드를 만난 첫날부터 그를 '푸우'라고 불렀다.

"켄을 방해할 생각은 없어."

레나의 이어지는 말을 들은 이혁의 눈이 반짝였다.

그는 레나가 당장 자신이 있는 곳으로 달려오기 위해 어디 있는지 닦달을 해댈 거라고 생각하고 있었다. 그 예상이 빗겨갔다는 게 놀랍고도 즐거웠다.

자신의 뒤를 졸졸 쫓아다니지만 않는다면 그녀는 얼마든지 반겨줄 수 있는 매력적인 여자였다.

그는 한결 밝아진 목소리로 말했다.

[고맙다고 해야 하는 거지?]

"생각이 바뀔지도 모르겠어. 지금 켄한테 갈까?"

레나의 목소리 여운이 스산해졌다.

이혁은 찔끔했다.

말 한마디가 재앙을 불러올지도 모르는 상황이 되었다.

그가 지체 없이 입을 열었다.

[말이 잘못 나갔다. 방금 건 내가 하려고 했던 말이 아니었어. 난 레나를 볼 수 없어서 무척 실망하고 있는 중이라고.]

"그 말이 진심이었으면 얼마나 좋을까……."

이혁은 소리 나지 않게 혀를 찼다.

레나는 그를 방해하지 않겠다고 말했다. 하지만 그는 레나의 말을 크게 신뢰하지 않았다. 레나를 겪은 세월이 5년이다.

그녀의 말은 단순하지 않았다. 해석하기에 따라서 의

미가 달라질 여지를 넘칠 정도로 충분하게 담고 있었다.

그래도 분명 방해는 하지 않을 것이다. 그녀는 약속은 무슨 일이 있어도 지키니까.

어찌 되었든 레나가 그가 하는 일에 기웃거리지 않겠다는 것만으로도 다행스러운 일이었다.

그녀가 개입하면 작은 산들바람도 허리케인으로 돌변하는 경우가 다반사였으니까.

그녀는 생김새와 많이 다른 여인이었다.

"켄, 지금 있는 곳은 어디야?"

[요베 주에 있어.]

이혁은 선선히 대답했다.

"요베? 거긴 이슬람 근본주의 무장 단체들이 자주 공격하는 지역이잖아."

눈살을 찌푸린 레나의 얼굴이 저절로 떠오를 만큼 그녀의 목소리는 톤이 무거웠다.

"맞아."

요베 주는 삼비사 숲이 있는 보르노 주와 북부 경계선을 맞대고 있는 지역이다.

그곳은 현재 나이지리아 정부의 치안력이 거의 미치지

않았다. 수년간 지속된 무장 단체들의 공격과 테러로 인해 무법천지가 된 것이다.

"위험할 거라고 생각하진 않지만 그래도 조심해, 켄."

[알았어. 푸우하고 할 말이 있어.]

레나는 휴대폰을 제라드에게 넘겼다.

이혁은 제라드에게 몇 가지 지시를 하고 전화를 끊었다. 그리고 휴대폰의 전원을 껐다.

맞은편에 앉아 있던 하루카가 그에게 바나나를 건넸다.

이혁은 그것을 받아서 한 입 베어 물며 주변을 돌아보았다.

구름 한 점 없는 아프리카의 하늘엔 태양이 노란 빛으로 이글거리며 뜨거운 불덩이를 지상에 퍼붓고 있었다.

그 아래 낮은 구릉들이 연이어 자리 잡고 있는 산악 지대가 길게 펼쳐져 있었다.

이 지역은 수풀과 나무들이 우거졌지만 삼비사 숲 정도로 울창하지는 않아서 꽤 먼 곳까지 시야가 확보되었다.

몸을 숨길 곳은 많으면서도 이동하기엔 어렵지 않은,

도망자나 게릴라와 같은 부류가 좋아할 최적의 환경을 갖춘 숲이었다.

숲속의 공터, 넓고 평평한 커다란 바위를 의자 삼아 이혁과 하루카는 마주 앉아 바나나를 먹었다.

삼비사 숲을 떠난 지 하루가 지났다.

이혁이 전화를 끊은 후에도 별말 없이 바나나 두 개를 더 먹어치우고 새로운 바나나를 손에 든 하루카가 나직하게 무어라 중얼거렸다.

"けだものめ……."

물처럼 고요하게 가라앉은 눈으로 하늘을 보던 이혁이 고개를 내렸다.

하루카의 어조와 눈빛에서 그녀가 굉장히 심한 욕을 하고 있다는 건 알 수 있었지만 정확하게 그 말이 무슨 욕인지는 알 수 없었다.

그가 아는 일본 욕이라고는 빠가야로와 칙쇼가 전부였으니까.

이혁의 입가에 쓴웃음이 떠올랐다.

하루카가 지금 어떤 심정인지 충분히 이해가 갔다.

그렇다고 그녀에게 공감을 하는 건 아니었다. 지금 그녀가 겪고 있는 상황을 너무 많이 경험해 별 감흥을 느끼지 못하게 된 지도 오래다.

그는 시선을 들어 하루카를 보았다.

그녀는 분노가 식지 않는 듯 입을 꾹 다문 채 씩씩거리고 있었다.

이혁도 한국을 떠나 세상의 이면을 헤집고 다니던 초기엔 멘탈이 붕괴되는 듯한 배신감과 충격을 꽤 많이 받았었다.

당시의 그는 가공할 능력을 갖고 있는… 어린아이에 불과했다.

세상엔 겉과 속이 극단적으로 다른 인간이 넘쳐 났다. 뒤통수 정도가 아니라 눈을 마주 보고도 코를 베어가는 자들이 널려 있었다.

물론, 그들은 이혁의 재방문을 받고 다시는 그런 짓을 할 수 없는 신세가 되었다.

땅을 내려다보며 나직한 목소리로 쉴 새 없이 욕설을 하던 하루카가 고개를 들었다. 그녀가 이혁에게 물었다.

"아메네가 무사할까요?"

"가디르가 그 아이를 유난히 마음에 들어 했다고 하니까 죽이지는 않았을 거요."

하루카는 입술을 잘끈 깨물었다.

죽지 않았다고 해서 다행이라고 할 수도 없었다. 산 채로 아메네가 어떤 일을 겪고 있을지 눈에 보이는 듯했기 때문에.

그녀가 탄식하듯 말했다.

"그 아이가 잘 버티고 있을지… けだものめ."

"그게 무슨 욕이요?"

이혁의 질문을 바로 알아듣지 못한 하루카가 어리둥절한 표정이더니 잠시 후 민망해 하는 얼굴로 이혁에게 물었다.

"けだものめ, 이거요?"

"그렇소."

"케다모노메… 짐승 같은 놈이라는 일본 욕이에요. 한국에서 하는 개새끼하고 비슷한 의미를 갖고 있는……."

"일본에서는 꽤 심한 욕이겠소."

하루카는 씁쓸하게 웃었다.

일본인들은 욕을 잘 하지 않는다. 그리고 한국인들이 습관처럼 내뱉는 심한 욕과 비슷한 것은 거의 없다.

그래서 케다모노메는 이혁의 말처럼 무척 심한 욕에 속한다.

일본인이 다른 나라 사람들보다 착해서는 아니다.

그들이 욕을 잘 하지 않는 건 말 한마디 잘못하면 목이 달아나는, 긴 무사 시대를 거치며 말조심을 하는 게 DNA에 각인된 때문이라고 하는 게 맞을 것이다.

"유스푸는 이보다 더한 욕을 먹어도 할 말 없는 자예요. 지옥에서 유황불에 구워지고 있기를!"

그녀는 격렬한 분노를 드러내며 말을 이었다.

"그가 종교를 앞에 내세우고 뒤로는 인신매매와 마약으로 돈을 벌고 있을 거라고는 생각도 하지 못했어요. 그가 했던 인신매매는 이슬람 근본주의를 따르지 않는 이슬람교도들에게 겁을 주기 위한 것이라고 알려져 있었는데… 그것도 모자라 마약이라니……."

이혁은 흰 이를 드러내고 씁쓸하게 웃으며 말을 받았다.

"당신 눈엔 유스푸가 극악무도한 놈처럼 보이겠지만 내가 볼 때 그놈은 순진한 편에 속하는 자요. 세상엔 그보다 더 악랄한 인간들이 셀 수 없을 정도로 많소. 내가 아는 그들 대부분은 유스푸보다 돈도 많고 막강한 권력도 가진데다가 아주 똑똑한 편이기도 하오."

그의 눈빛이 깊어졌다.

"멀리 갈 것도 없소. 당신 눈앞에 있는 나도 피를 보는 분야에 있어서만은 그놈 따위와는 차원이 다르니까."

그를 보는 하루카의 눈빛이 복잡해졌다.

이혁의 말은 옳았다.

아무리 혼란스러운 이 지역에서 벌인 일이라고 해도 지금까지 이혁은 이백여 명에 달하는 사람을 죽였다.

만약 그가 온몸에 깊은 상처를 입고 죽을 고비를 넘기며 싸운 결과가 그것이라면 하루카도 한결 받아들이기 쉬웠을 것이다.

하지만 이혁이 한 행위는 상대도 되지 않는 자들에 대한 일방적인, 그래서 무자비할 수밖에 없는 학살이었다.

그를 볼 때마다 생명 존중과 인권, 그리고 정의를 신념으로 삼고 살아온 하루카의 머릿속이 복잡해지는 건 당연했다.

입을 다문 이혁은 바나나를 한 입 베어 물며 생각을 정리했다.

나이지리아에 온 것은 정말 우연이었다. 그가 그렸던 앞으로의 행로에 나이지리아는 포함되어 있지 않았다.

'쿠메…….'

검은 피부에 커다랗고 흑백이 뚜렷한 눈동자를 가진 아홉 살짜리 꼬마 여자아이가 눈물을 글썽이며 그를 보고 있었다.

그를 나이지리아까지 오게 만든 소녀, 쿠메였다.

'그나저나, 정말 개판 오분 전이야. 대략적으로 파악했던 것보다 상황이 더 좋지 않아.'

그의 눈빛이 서늘해졌다.

'이렇게 피를 많이 보게 될 줄 몰랐다. 앞으로 얼마나 더 많이 봐야 할지도 모르겠고……'

그는 눈살을 찌푸렸다.

유스푸가 하루카에게 정신없이 쏟아냈던 얘기가 떠오른 것이다.

유스푸는 '겉으로 볼 때' 독실한 수준을 넘어선 이슬람 근본주의자가 맞았다.

그는 평생을 통해 나이지리아를 코란을 헌법으로 삼는 이슬람공화국으로 만들기 위해 싸워왔다.

그에게 유일신 '알라'를 믿지 않거나 '신의 뜻을 포교하는 전사'에게 저항하는 자들, 서양 문명에 경도되고 그 양식에 따라 사는 자들은 '악'이었다.

그는 '악'을 어떻게 처분할지는 전적으로 그것을 상대하는 전사의 손에 달렸으며, 처리하는 방식도 전사의 권한이라고 믿었다.

그리고 '알라'는 그의 전사를 사랑하며 죽은 후 품 안으로 거둔다는 신념을 갖고 있었다.

그에게 저항하거나 서구식의 교육을 받는 나이지리아 북부의 민간인들은 그래서 '악'이었고, 그들을 죽이고 약탈하는 것, 또 여자들을 납치해 강간하고 팔아버리는 자신의 행위는 신의 뜻에 따른 것이었다.

여기까지는 그가 외부에 보이는 모습이었다.

그의 진정한 모습은 달랐다.

그는 신의 뜻을 포교하는 전사가 가난할 이유는 없다고 믿었다.

그리고 '알라' 또한 자신을 숭배하는 자들이 누더기와 쓰레기 속을 헤매는 걸 원할 리 없다고 생각했다.

그래서 그는 눈을 다른 곳으로 돌렸다.

여자들을 납치해 파는 것만으로는 큰돈을 벌 수가 없었기 때문이다.

본래 아프리카 서부 지역은 마약이나 무기를 밀매하는 죽음의 상인들이 즐겨 이용하는 중간 거점 중의 하나였다.

정부의 치안력이 미치지 않는 지역이 많았고, 국제사회의 감시체계도 붕괴된 곳이었으니 당연했다.

특히 세계의 마약상들이 이 유통 경로를 애용했다.

처음 이 지역을 거점으로 활용할 때만 해도 마약상들은 유통에만 전념했고, 직접 마약을 제조하지는 않았다.

치안이 불안한 것이 유통에는 도움이 되었다. 시간이 많이 필요하지 않았으니까. 하지만 마약을 제조하려면 안전한 장소와 더불어 많은 시간이 필요했다.

공격당할 염려가 상존하는 곳에서 마약을 제조하는 건 위험했던 것이다. 하지만 시간이 흐르며 상황이 변했고, 마약상들의 마음도 바뀌었다.

마약상들은 정부와 대척점에 있는 나이지리아의 부족이나 무장 단체들과 손을 잡고 오지에서 마약을 제조하기 시작했다.

모든 일은 극비리에 이루어졌다.

어떤 무장 단체든 마약상과 손을 잡은 조직은 보안 유지에 총력을 기울였다.

모든 무장 단체가 마약 제조에 찬성하는 것도 아니었고, 정부나 국제사회의 불필요한 주의를 끌 필요는 없었기 때문이다.

그래서 무장 단체 내에서 마약 제조건에 대해 아는 자들은 손에 꼽힐 정도로 적었다.

비밀은 아는 자가 적을수록 잘 지켜지기 때문이다.

유스푸는 마약상들이 손을 잡은 현지 무장 단체의 리더 중 한 명이었다.

그를 비롯한 몇 명의 무장 단체 리더들이 마약상들에게 제공한 건 제조 장소와 그곳의 안전이었다. 두 가지를 제공하고 그들이 얻는 이익은 막대했다.

그들 중에서도 유스푸는 가장 큰 이득을 얻었다.

다른 리더들은 안전만을 제공했다. 하지만 그는 장소와 더불어 인력까지 제공했던 것이다.

제조 공장이 안전할수록 더 많은 마약을 제조할 수 있게 되었고 유스푸가 얻는 이득도 비례해서 커졌다.

그래서 그는 자신이 할 수 있는 최선을 다해 마약상들을 지원했다.

마약상들은 유스푸가 제공한 장소에 대량의 필로폰 원료와 그것으로 최상급의 마약(크리스털)을 제조할 수 있는 전문가들을 파견했다.

그 전문가들의 리더가 가디르란 자였다.

가디르는 콜롬비아 태생의 마약 제조 전문가로 그 업계에서 손꼽히는 자였다.

수년 전 유스푸가 제공한 장소에 도착한 그는 지금까

지 그곳을 벗어나지 않고 마약 제조에 전념해 왔다.

가디르는 마약의 제조를 정신 예술의 정점에 이르는 행위라고 믿는 자였다. 그리고 그 일을 할 때 가장 큰 행복을 느꼈다.

마약을 제조하는 외에 그가 광적으로 집착하는 유일한 취미(?)는 십대의 소녀들을 수집하는 것이었다.

가디르로 인해 엄청난 돈을 번 유스푸는 그가 원하는 십대 소녀를 무한정 공급하겠다는 약속을 했다.

그 약속은 성실하고 꾸준하게 지켜져 왔다.

유스푸가 그렇게 지금까지 가디르에게 제공해 온 십대 소녀들 중에 아메네가 포함되어 있었다.

유스푸가 마약상들에게 제공한 장소는 삼비사 숲의 북쪽, 보르노 주와 요베 주의 경계 지역이었다.

과거 석탄을 채굴하던 광산이 있던 곳으로 낮은 바위 산들에 둘러싸인 작은 분지였다.

마을이 있는 곳까지는 차로 반나절 이상 가야 할 정도로 외진 곳이었다.

하지만 광산이 있던 곳이라 차량의 출입과 주변 경계가 용이했고, 광부들이 숙소로 사용했던 컨테이너들도 여러 개가 남아 있었다.

마약 제조 공장을 운영하기에 이보다 좋은 환경을 찾기 어려운 최적의 장소였다.

이혁은 마지막 바나나 조각을 입에 넣고 우물우물 씹으며 손을 털었다. 그리곤 자리에서 일어났다. 그러자 하루카 역시 몸을 일으켰다.

두 사람은 여섯 시간 정도를 더 걸었다.

하루카는 처음부터 그랬던 것처럼 흔들리거나 헤매는 법 없이 이혁을 목적지로 정확하게 안내했다.

그녀는 이혁이 신기해 할 정도로 길을 잘 찾는 여자였다.

조금씩 주변이 어두워져 갈 즈음, 그들은 발을 멈췄다.

멀리 낮은 바위로 이루어진 구릉들이 보이는 곳이었다.

구릉까지의 거리는 300미터가량 되었다. 저 바위 구릉 뒤에 유스푸가 얘기한 마약 제조 공장이 있을 터였다.

그가 자세를 낮추자 하루카도 긴장한 기색으로 이혁이 보는 곳으로 시선을 돌렸다.

구릉과는 거리가 멀기도 했지만 1미터를 훌쩍 넘는 잡목과 수풀이 그들을 가려주고 있어서 적의 눈에 띌 염려는 없었다.

이혁의 눈빛이 호수처럼 깊게 가라앉았다.

'병사의 수는 20명가량이지만 여자의 수가 너무 많아. 제조에 투입된 여자 수만 50명이 넘어. 유스푸가 마지막으로 가르디에게 넘겨준 십대 소녀는 일곱 명… 저 안에는 최소한 60명 정도의 납치된 여자가 있다고 봐야 해. 아메네에게만 집중하느냐, 모두를 구할 것이냐……'

제조에 투입된 여자들도 유스푸가 인근에서 납치한 사람들이었다.

그는 인근 마을을 닥치는 대로 공격했다. 마을은 불태웠고 포로로 잡은 남자들은 죽이거나 세뇌시켜 무장 단체의 병사로 삼았다.

그리고 어린 여자들은 성노예로 삼거나 인신매매로 팔았고, 나이 든 여자들은 가르디에게 보내 마약 제조 공장의 일꾼으로 삼았다.

그는 눈동자만을 움직여 하루카를 보았다.

그녀는 주먹을 꽉 움켜쥐고 바위산을 뚫어져라 보고 있었다. 무슨 생각을 하는지 물어보지 않아도 알 수 있는 눈빛과 몸짓이었다.

그녀는 유스푸가 하는 말을 그보다 먼저 들었다. 그가

알고 있는 얘기는 그녀가 유스푸에게 듣고 그에게 전해 준 것들이었다.

그가 아는 건 그녀도 알고 있는 것이다.

이혁은 하루카에게서 시선을 뗐다. 그리고 유스푸가 말해주었던 마약 제조 공장의 구조를 떠올렸다.

공장은 폐광을 리모델링한 광산 내부에 자리 잡고 있었다. 낮에 공장엔 마약 제조에 투입된 오십여 명의 여인과 그들을 감시하는 십여 명의 병사가 머물렀다.

그들이 컨테이너 숙소로 돌아오는 시간은 대략 저녁 10시쯤이었다.

밖의 컨테이너에는 가르디와 몇 명의 연구원들, 그리고 십여 명의 경계병과 가르디의 소녀들(?)이 있었다.

분지 내부와 광산은 그가 앞서 거쳤던 계곡이나 동굴과 달랐다.

계곡처럼 건물들이 공간적으로 멀리 떨어져 있지도 않았고, 시야를 막아주는 나무도 없었다. 유스푸의 동굴처럼 구해야 할 여자들이 없는 것도 아니었다.

게다가 오지에 자리 잡고 있어서 경비가 허술하지 않을까 하는 예상은 헛된 희망이었다.

CCTV를 비롯해서 적외선과 열 탐지 장치와 같은 첨

단 설비들이 분지 주변에 도배를 하듯 빽빽하게 설치되어 침입자를 감시하고 있었다.

'한 번이라도 실수를 한다면 많은 여자가 죽을 수도 있다. 그중에 아메네가 포함되지 말라는 법도 없고. 밤에 하자.'

죽고 죽이는 전투에서 능력에 대한 과신과 조급함은 대단히 위험했다. 지난 5년 동안의 경험을 통해 그는 그 것을 잘 알고 있었다.

그는 하늘을 올려다보았다.

해는 이미 진 후였다. 사방은 어둠에 잠겼다. 하지만 공장에서 일하는 여인들이 숙소로 돌아올 때까지는 아직 세 시간 정도를 더 기다려야 했다.

*   *   *

가르디는 흐뭇한 얼굴로 방을 돌아보았다. 이곳에 오자마자 만든 이 방은 오직 그만을 위한 컬렉션들로 가득 차 있었다.

높이 3미터, 폭 10미터가 넘는 방은 하방이 넓고 위로 올라갈수록 좁아졌다.

그리고 벽은 울퉁불퉁 튀어나온 검은 돌로 이루어져 있었다.

대리석처럼 매끄럽게 다듬어지지는 않은 벽이었지만 상당히 공을 들여 만들었다는 느낌을 주는 방이었다.

천장의 중앙에는 수정으로 만든 거대한 샹들리에가 은은한 빛을 발했다. 그 빛은 벽을 빙 둘러가며 배치되어 있는 컬렉션들을 골고루 비추었다.

가르디는 마약을 만드는 시간을 제외하면 자신의 소녀들과 시간을 보내거나 이곳에서 머물렀다.

오지에 배치된 것이 답답할 만도 한데 그는 오히려 서구의 도시에서 생활하던 시절보다 지금을 더 마음에 들어 했다.

컬렉션 중 가장 최근에 만들어진 것에 눈이 닿은 그의 얼굴이 황홀감에 젖어들었다. 그가 중얼거렸다.

"미국이나 유럽에서는 이런 컬렉션을 모을 수도 없고, 모아놓았다 해도 언제나 정부가 추적하지 않을까 하는 걱정 때문에 마음 편하게 감상할 수도 없었을 거야."

돈으로 에펠탑을 쌓을 정도인 사람이라도 치안이 좋은 곳에서 가르디의 것과 같은 컬렉션을 모으는 건 불가능에 가까웠다.

그의 숨결이 가빠졌다.

"허억! 허억!"

검은자위가 위로 올라가며 눈이 흰빛이 되었다. 그리고 입가에 거품 같은 침이 맺히더니 조금씩 흘러내렸다.

"으으으으윽!"

그는 어깨를 부르르 떨었다.

그는 자신의 컬렉션을 보는 것만으로도 오르가슴에 도달하곤 했다, 바로 지금처럼.

＊   ＊   ＊

이혁은 하루카를 안전한 장소에 숨도록 조치한 후 분지로 향했다.

사신암행과 암향부동, 그리고 암룡둔행을 펼치며 바위구릉 아래 도달한 그는 묘수장공으로 바위벽을 타고 올랐다.

CCTV는 문제가 되지 않았다.

그는 어둠과 동화되어 있었고, 그건 사람의 눈이든 CCTV의 감지 센서든 그를 볼 수 없다는 걸 의미했다.

그들이 볼 수 있는 건 어둠뿐일 테니까.

감지기도 문제가 되지 않았다.

열 감지기든 적외선 감지기든 사용하는 파장의 영역대가 다를 뿐 물체에서 방사되는 열을 이미지화 하는 건 마찬가지다.

체온을 조절하는 건 암왕사신류의 심공을 익힌 자에게 숨 쉬는 것보다 더 쉬운 일이었다.

이혁은 십여 분 동안 호흡과 맥박을 멈출 수도 있었고, 죽은 자처럼 온몸을 차갑게 만들 수도 있었다.

굳이 몸을 차갑게 할 필요도 없었다.

주변과 온도를 맞추기만 해도 된다.

자연과 동화되는 건 무영경 이십사절을 관통하는 기본 요결이다.

제3장

"유스푸가 있던 동굴에서 더 이상 생명 반응이 나타나지 않고 있습니다, 로드."

집무실로 들어선 후 정중히 허리를 숙여 인사한 남자는 중세를 연상시키는, 시대에 걸맞지 않는 고전적인 말투로 보고를 했다.

그가 입고 있는 옷도 조끼와 정장이 깔끔하게 조화된 것이어서 영화 속에서 막 튀어나온 중세의 귀족 집안 집사를 연상시켰다.

오랜 세월이 묻어나는 의자에 앉아 서류를 들여다보고 있던 사내가 쓰고 있던 안경을 만지작거리며 고개를 들었다.

그는 반백이 된 검은 머리를 깔끔하게 빗어 넘기고, 같은 색의 짧은 턱수염도 잘 정리한 푸른 눈의 오십대 남자였다.

진회색의 얇은 카디건을 입은 그는 부드럽고 온화해 보이는 인상이었다.

그는 강한 흥미를 느끼는 듯 눈을 빛내며 물었다.

"앨빈, 제노사이더가 결국 그곳을 방문한 건가?"

집사를 연상시킬 정도로 단정한 매무새를 한 사내, 앨빈은 지체 없이 대답했다.

"그렇게 추정하는 게 옳을 듯합니다. 며칠 전 그가 나이지리아에 도착했다고 보고를 드린 적이 있지 않습니까."

"그랬었지."

"그가 삼비사로 향한 후로는 발각의 위험 때문에 뒤를 계속 추적할 수 없었습니다. 로드께서도 아시다시피 그의 감각이 어지간해야지요. 하지만 여자아이를 찾는 과정에서 그가 유스푸와 충돌할 건 이미 예상된 일이었습니다."

앨빈은 보일 듯 말 듯 미소를 지으며 말을 이었다.

"그래서 유스푸의 근거지를 위성으로 계속 감시해 왔습니다. 그는 제가 예상했던 대로 그곳에 갔고, 결과 또한 마찬가지였습니다."

앨빈의 보고를 받은 남자의 눈가에 미소가 번졌다.

"정말 재미있군. 제노사이더에게 그런 면이 있을 줄은 예상하지 못했네. 꼬마 아이의 말도 안 되는 청부를 수락한 것도 그렇지만 그렇게 충실하게 약속을 이행할 줄이야."

앨빈도 미소를 지으며 말을 받았다.

"소문이 사실이었던 듯합니다. 그는 입 밖으로 내뱉은 약속은 무슨 일이 있더라도 지킨다고 알려져 있으니까요. 그가 어디까지 가는지 계속 지켜보겠습니다, 로드."

남자는 고개를 끄덕였다.

"그래 주게. 밑져야 본전이라는 생각으로 했던 도박인데… 로또에 당첨된 기분이로군. 덕분에 생각지도 않았던 여유를 얻을 수 있겠어."

말을 마친 그의 눈이 깊은 빛을 발했다.

*   *   *

컨테이너의 수는 총 일곱 개였다. 여섯 개의 컨테이너가 중앙에 있는 것을 빙 둘러싼 구조였다.

분지에 들어선 이혁이 가장 먼저 방문한 곳은 중앙에 있는 컨테이너였다. 그곳이 지휘 센터였다.

여인들이 잠드는 시간까지 그가 마냥 대기하고 있던 건 아니었다.

지형을 살피고 적들의 전력을 파악했다.

그리고 타격의 우선순위도 정했으며, 시작부터 마지막까지 일련의 과정에 소요되는 시간과 발생 가능한 변수들을 계산했다. 그에 대한 대처 방법도 함께.

지피지기 백전불태(知彼知己 百戰不殆).

이천수백 년 전 손자가 모공 편에서 한 그 말은 지금도 유효했다.

분지 곳곳에 십여 명이 경계를 서고 있었지만 이혁의 침입을 알아차린 자는 없었다.

애당초 그들의 능력으로 은신한 채 움직이고 있는 그를 발견한다는 건 불가능했다, 그가 치명적인 실수를 한다면 몰라도.

이혁은 컨테이너의 벽을 타고 위로 올라갔다.

그곳에도 몇 개의 CCTV와 감지기들이 설치되어 있

었지만 그것들은 멀쩡한 상태에서도 제값을 하지 못했다.

이혁은 환상혈조를 빼냈다. 그리고 그것으로 컨테이너 천장을 가로세로 90센티 길이로 잘라냈다.

잘 벼린 칼이 두부를 자르듯 아무런 소리도 없이 쇠가 갈라졌다.

정사각형으로 반듯하게 잘려 나간 철판이 위로 들려졌다. 철판에 댄 이혁의 손바닥이 아교처럼 그것을 붙들고 있었다.

뻥 뚫린 구멍을 통해 컨테이너 내부에 들어선 이혁은 탁자 주변에 둘러앉아 있는 세 명의 남자를 볼 수 있었다. 그들 중 두 명은 탁자에 코를 박고 있었다.

탁자 위에는 흰 가루가 설탕처럼 뿌려져 있었고, 사내들의 코에는 작은 플라스틱 대롱이 꽂혀 있었다.

그들은 마약을 흡입하고 있는 중이었다.

마지막 한 남자는 넓적한 알루미늄 술병을 가끔 입에 가져다 대며 모니터를 힐끔거렸다.

이곳이 만들어지고 난 후, 위험한 상황이 벌어진 적은 없었다. 그것이 그들의 경계심을 느슨하게 만들었다.

그래도 셋 모두가 마약에 절어 있을 수는 없는 일이어

서 한 명은 제 역할을 하고 있는 것이다.

오늘 밤은 달이 밝았다. 구름도 없어서 천장의 뚫린 구멍을 통해 밤하늘을 가로지르는 은하수가 보였다.

술을 마시던 남자가 제일 먼저 컨테이너 박스 안의 공기가 바뀐 것을 알아차렸다.

살갗에 닿는 공기가 미적지근하지 않고 신선했다. 문과 창이 모두 닫혀 있는 상황에서 바깥 공기가 안으로 들어온 것이다.

그는 어리둥절한 얼굴로 주변을 돌아보다가 고개를 들었다. 그리고 안색이 변했다. 차갑고 무심하게 빛나는 눈이 자신을 보고 있었다.

그것이 끝이었다.

온전한 정신을 유지하고 있었기에 그는 가장 먼저 죽었다.

환상혈조에 의해 머리 위가 조각조각 잘려 나간 사내가 쓰러지기도 전, 어정쩡하게 몸을 일으키려던 두 명의 동료도 시신으로 화했다.

이혁은 조용히 쓰러지는 자들의 몸을 받아 바닥에 눕혔다.

지휘 센터가 마비된 이상, 그는 좀 더 자유롭게 움직

일 수 있게 되었다.

그는 들어왔던 곳으로 조용히 빠져나왔다.

컨테이너 외부에서 경계를 서던 자들도 지휘 센터에
있던 자들과 별다르지 않은 신세가 되었다.

그들은 죽음을 의식하지도 못한 채 시체로 변해갔다.
신경이 고통을 느끼기도 전에 숨이 끊어졌기에 당연히
비명 소리도 없었다.

외부 경계를 서던 자들까지 모두 죽은 뒤에야 이혁은
짧게 숨을 내쉬었다. 몸 안의 혼탁해졌던 내기가 깨끗해
지며 답답해져 가던 가슴이 편안해졌다.

경계병들은 분지 곳곳에 흩어져 있어서 그는 최고의
속도로 움직였다. 경계병들이 이상을 느끼기 전에 일을
끝내야만 했다.

이혁은 광산과 가장 가까이 있는 컨테이너로 걸어갔
다. 하지만 그는 아직 암향부동을 풀지 않은 상태여서 모
습은 보이지 않았다.

컨테이너 앞에 도착한 그의 눈빛이 서늘해졌다. 둔탁
한 소리가 일정한 리듬을 타고 흘러나오고 있었다.

간간이 섞여 들리는 억눌린 신음과 거친 숨소리는 보
지 않고도 안에서 어떤 일이 벌어지고 있는지 충분히 짐

작할 수 있게 했다.

이혁은 컨테이너 출입문의 손잡이를 잡았다.

잠겨 있지 않은 손잡이는 가볍게 돌아갔다.

문을 열고 안으로 들어선 이혁은 두 손을 활짝 폈다. 어둠 속에서도 빛을 발하는 반투명한 붉은 광채가 열 개의 손가락 끝에서 길게 뻗어 나왔다.

컨테이너 내부엔 열 개의 간이침대가 빈틈없이 붙은 상태로 쭉 놓여 있었다.

그중 일곱 개의 침상 위에 격렬하게 허리를 움직이는 육중한 사내들의 벌거벗은 등이 보였다, 그 등 아래쪽으로 힘없이 늘어져 있는 가녀린 팔다리도.

사내들의 몸이 움직일 때마다 가녀린 팔다리는 해파리처럼 늘어진 채 힘없이 이리저리 움직였다.

안은 뜨거운 열기와 사내들의 몸에서 피어오르는 수증기, 그리고 정액의 비릿한 내음으로 가득 차 있었다.

이혁은 첫 번째 침상의 끝에 섰다. 발끝이 기묘하게 꺾이는가 싶더니 그의 몸이 환상처럼 사라졌다가 일곱 번째 침상의 머리맡에 나타났다.

똑똑똑…….

늘어뜨린 혈조의 끝에 맺힌 핏물이 한 방울씩 느리게

바닥으로 떨어졌다.

컨테이너 내부는 깊은 정적에 잠겼다.

움직이는 사내는 아무도 없었다.

그들은 뒤통수에 보이지 않는 구멍이 난 시체가 되어 있었다.

아래 깔려 있던 여인들은 사내들의 몸이 움직이지 않을 뿐만 아니라 점점 더 무거워지자 그들을 밀어냈다.

그때서야 여인들은 그들이 죽은 걸 알게 되었다.

놀랍게도 비명을 지르는 여인은 아무도 없었다.

사내들을 옆으로 밀치고 일어나 앉은 여인들은 멍한 얼굴로 서로를 돌아보다가 한 침상 끝에 서 있는 이혁을 발견했다.

이혁은 손가락을 세워 입에 댔다.

여인들은 즉시 상황을 알아차렸다.

그녀들이 최근 몇 달 동안 겪은 일은 평범하게 사는 사람들이 평생을 살아도 만나기 힘든, 악몽과도 같은 것들이었다.

그것들이 여인들을 보통 사람과 다르게 만들었다.

그녀들은 조심스럽게 옷을 들어 맨살이 드러나 있는 가슴과 하체를 가리며 불안과 기대가 섞인 눈으로 이혁을 보며 침묵을 지켰다.

이혁이 여인들을 보며 낮은 목소리로 물었다.

"영어를 할 줄 아는 사람 있소?"

네 번째 침상에 앉아 있던 여인이 손을 들며 입을 열었다.

"제가… 조금 할 줄 알아요."

이십대 초반으로 보이는 그녀는 청동빛 피부에 키가 큰 미녀였다.

"아메네라는 소녀를 찾고 있소. 이곳으로 왔는데, 혹시 알고 있소?"

여인의 눈이 커졌다.

"아메네요?"

여인의 눈이 반짝이는 것을 본 이혁은 그녀가 아메네를 알고 있다는 것을 직감했다.

"그렇소."

그의 대답에도 불구하고 여인은 머뭇거리며 입을 쉽게 열지 못했다. 그녀의 눈빛이 어둡게 변한 것을 본 이혁의 미간에 주름이 잡혔다.

그가 물었다.

"왜 그러시오? 아메네에게 무슨 일이 있었던 거요?"

망설이던 여인이 이혁을 보며 어렵사리 말문을 열었다.

"가르디가 어제 저녁을 먹고 나서 아메네를 동굴에 있는 그의 창고로 데리고 갔어요. 오늘 아침에 가르디는 보았지만… 아메네는 보지 못했어요."

"창고?"

"예."

여인의 뉘앙스에서 두려움을 감지한 이혁의 안색이 딱딱해졌다.

"그곳이 어떤 곳이요?"

"들어가 본 적이 없어서 저도 잘은 몰라요. 하지만… 그곳에 가르디와 함께 들어갔던 아이들 중에 다시 나온 아이는 한 명도 없었어요…….."

이혁의 눈이 어두운 호수처럼 깊게 가라앉았다.

'늦은 건가…….'

그가 여인에게 말했다.

"여자들을 깨워서 떠날 준비를 하고 있으시오."

"창고에 가시려고요?"

"그렇소."

"가르디는 항상 두 명의 경호원을 데리고 다녀요. 조

심하세요."

이혁은 희미한 미소를 지으며 말을 받았다.

"오래 걸리지 않을 거요."

컨테이너에서 나온 그는 광산의 입구로 향했다. 어둠 속에서 괴물의 아가리 같은 동굴이 그를 향해 거대한 입을 벌리고 있었다.

폐광이었던 곳이지만 가르디가 이곳으로 온 후 손을 많이 본 덕분에 입구는 깔끔한 편이었다.

그리고 그 안도 환했다. 천장에 5미터 간격으로 달려 있는 전등이 사방을 밝히고 있는 덕분이었다.

십여 미터를 걸어 들어가자 두 갈래 길이 나왔다.

이혁은 귀에 내공을 집중시켰다. 굳이 와룡천망을 펼칠 필요도 없었다. 멀지 않은 곳에서 숨소리가 들려왔기 때문이다.

이혁은 바닥에서 두 개의 돌을 집어 들었다. 그리고 20미터 정도를 더 걸어 들어가자 두 사내가 지키고 있는 문이 보였다.

2미터는 되는 키에 백 킬로는 가볍게 넘을 거구의 사내들은 자동소총을 옆구리에 끼고 경계를 서고 있다가 아무런 기척도 없이 나타난 이혁을 보고 눈을 크게 떴다.

그들의 손이 반사적으로 자동소총으로 갔지만 그들에게 방아쇠를 잡아당길 시간 따위는 주어지지 않았다.

파아앙!

이혁의 손에 들린 돌들이 작은 파공음과 함께 번개처럼 허공을 가르며 두 사내의 이마로 날아들었다.

퍽퍽!

털썩털썩.

이마에 구멍이 난 두 사내가 허물어지듯 쓰러졌다. 그들은 자신들의 죽음을 믿을 수 없다는 듯 눈을 부릅뜨고 있었다.

쓰러진 사내들 사이를 통과한 이혁은 문으로 다가갔다. 그리고 손바닥으로 천천히 문을 밀었다.

높이가 5미터, 너비가 백 평 정도 되는 석실은 밤이 오기 전의 숲속처럼 희미한 어둠에 잠겨 있었다.

그리고 피부에 와 닿는 공기는 한기가 느껴질 정도로 차가웠다.

천장에 달려 있는 샹들리에는 거대했고 전등마다 불이 들어와 있었지만 빛은 강하지 않았다.

몽환적이면서도 신비로운 분위기를 내기 위해 의도적

으로 빛을 조절한 듯했다.

입구 반대편에는 사각형의 커다란 장치가 놓여 있었는데 그것은 쉬지 않고 서리처럼 하얀 김을 내뿜었다.

안으로 들어선 이혁의 어깨가 순간적으로 굳었다.

검푸른빛을 띤 석벽과 샹들리에의 몽환적인 빛이 어우러진 석실은 일견 아름답기까지 했다.

그러나 내부의 모습을 본 그의 두 눈에 서서히 넘실거리기 시작한 건 무서운 분노와 살기였다.

인간의 마음속에 숨어 있는 마성이 얼마나 잔인하고 기괴해질 수 있는지를 무수하게 경험한 그였다.

그러나 살면서 지금 눈앞에 있는 것과 비슷한 장면을 보게 될 거라는 생각은 하지 못했었다.

벽은 십자가 형태로 오목하게 패여 있었다. 그리고 패인 곳에는 물결무늬를 띤 청동으로 만든 십자가가 빼곡하게 차 있었다.

수십 개에 달하는 청동 십자가 아래에는 하얀 김을 내뿜는 사각형의 작은 장치가 놓여 있었다.

그것들은 크기만 축소되었을 뿐 구석의 커다란 것과 같은 역할을 하는 것으로 보였다.

극심한 살기로 시퍼렇게 빛나는 이혁의 두 눈이 십자

가를 천천히 훑었다.

십자가에는 사람이 매달려 있었다.

모두 열 살에서 열다섯 사이로 추정되는 소녀였다. 나이 어린 소녀들은 아직 발육도 완성되지 않아 가슴도 밋밋했고 골격도 작은… 어린아이였다.

그녀들은 두 팔을 활짝 벌리고 발이 겹치게 다리를 모은 채 십자가에 매달려 있었다, 벌거벗은 채로.

그녀들의 손과 발을 관통해서 십자가에 꽂혀 있는 건 엄지손가락 굵기의 거대한 못이었다.

검지만 밀랍을 연상시킬 만큼 창백한 피부와 긴 속눈썹 아래 단단하게 감겨 있는 눈, 그리고 뛰지 않는 심장은 소녀들이 살아 있지 않음을 알 수 있게 했다.

소녀들을 훑어나가던 이혁의 시선이 한 십자가에서 멈췄다.

그곳에도 한 소녀가 벌거벗은 모습으로 매달려 있었다.

그녀는 다른 소녀들과 달랐다.

못이 박혀 있는 손과 발에서는 아직도 피가 흐르고 있었고, 무엇보다도 가슴이 느리게나마 위아래로 오르락내리락 하고 있었다.

흑인 특유의 굵고 억센 머리는 길게 땋아 목을 한 바퀴 감은 후 가슴골에 늘어져 있었다. 그 풍성한 머리카락 위에 푹 숙인 소녀의 턱이 닿았다.

둥글고 넓은 이마와 긴 속눈썹, 오뚝한 코와 도톰한 입술, 그리고 큰 키와 군살을 찾아보기 힘든 몸매의 드문 미소녀였다.

이혁은 자신도 모르게 안도의 한숨을 내쉬었다.

흑인 소녀는 낯이 익었다.

'아메네…….'

그녀는 분명 쿠메의 작은 손에 들린 사진 속에서 햇살처럼 환하게 웃고 있던 소녀, 아메네였다.

아메네의 발밑에도 서리를 뿜어내고 있는 장치가 있었다.

그리고 다른 소녀들에게는 없는 것, 피를 받아내고 있는 은빛의 커다란 접시가 장치 위에 놓여 있었다.

'늦지 않았군. 다행이다.'

아메네의 숨결은 가늘었다. 과다 출혈로 인한 쇼크 때문에 기절한 상태임을 한눈에 알 수 있었다. 하지만 심장 박동에서는 아직 힘이 느껴졌다.

저런 상태가 되고 얼마 지나지 않은 듯했다.

보통 사람에게는 기겁할 만한 상태였지만 이혁은 아메네에 대한 걱정이 사라졌다.

그는 얼마든지 그녀를 정상으로 되돌릴 능력을 갖고 있었다.

아메네에게서 눈을 뗀 그는 석실의 중앙으로 고개를 돌렸다.

그곳에도 벌거벗은 사람이 있었다. 그러나 그는 남자였다.

190센티가 넘는 거구를 가진 그는 통나무처럼 우람한 팔과 거대한 근육으로 뒤덮인 가슴과 복부의 소유자였다.

한창 인기몰이 중인 미국의 종합 격투기 선수와 비교해도 뒤지지 않을 정도의 몸이었다.

붉게 충혈된 그의 눈은 아메네에게 고정되어 있었다.

그리고 두 손은 자신의 거대한 남근을 꽉 부여잡은 채 그는 어깨를 가늘게 떨며 거친 숨을 몰아쉬는 중이었다.

이곳에 있을 사람은 한 명뿐이다.

그가 가르디였다.

이혁이 들어선 지 10초가 넘었다. 하지만 가르디는 그의 존재를 알아차리지 못하고 있었다.

아메네에게 고정되어 있지만 초점을 잃은 눈과 거친

숨을 몰아쉬는 입 끝에 맺힌 거품이 그 이유를 설명해 주었다.

가르디는 생과 사의 경계에서 극한의 쾌락을 얻는 자였다. 그래서 그는 늘 치사량에 가까운 양의 마약을 흡입했다.

지금 그는 마약에 취한 상태였다. 당연히 몸은 이곳에 있었지만 정신은 다른 세상에 가 있었다.

이혁은 그의 뒤에 가서 섰다.

여전히 가르디는 그의 존재를 알아차리지 못했다.

이혁의 입술이 달싹였다.

"네가 너무 쉽게 죽으면 저 소녀들이 나를 원망하겠지. 그렇지 않나, 가르디?"

가르디가 고개를 돌려 풀린 눈으로 이혁을 보았다.

이혁의 손이 그자의 목젖을 번개처럼 눌렀다.

                    *   *   *

[제라드.]

스피커에서 흘러나오는 이혁의 목소리에 제라드는 반색을 했다.

"보스! 언제 오십니까?"

말을 하는 그의 눈이 힐끗 소파를 향했다.

그곳에는 태평하게 잡지를 읽고 있는 레나가 있었다.

[곧.]

이혁은 말을 이었다.

[전화번호 하나와 계좌 몇 개를 알려주지. 둘 다 내역을 파악하고, 계좌에 있는 돈은 언제나처럼 처리해.]

"옛설!"

활기차게 대답한 제라드가 물었다.

"리마가 궁금해 하던데요?"

[안 그래도 그 녀석과 바로 통화할 거다. 여자들이 많다. 그녀들을 안전하게 후송할 팀이 필요해.]

"리마가 좋아할 겁니다."

제라드의 말을 끝으로 전화가 끊겼다.

스마트폰을 책상 위에 내려놓는 그에게 레나가 물었다.

"여전히 나는 찾지 않네."

"보스의 목소리를 들으시면 그곳으로 가고 싶어 하실 거잖아요."

"그러면 안 돼?"

"안 된다기보다… 이곳에 계시는 게 나을 거라고 생각
하셔서 그런 게 아닐까요?"

레나의 입술이 삐죽거렸다.

그녀가 말했다.

"켄의 고향에는 이런 속담이 있어, 꿈보다 해몽이 좋
다는."

제라드가 고개를 갸웃했다.

"그게 무슨 뜻입니까?"

"묻지 마, 귀찮아."

툭 뱉듯이 말한 레나는 다시 잡지로 눈을 돌렸다.

제라드의 입술이 한 뼘은 튀어나왔다. 하지만 감히 불
평을 하지는 못했다.

레나는 그가 감당할 수 있는 여자가 아니었으니까.

랩탑의 자판을 몇 번 두드리자 그의 메일이 열렸다.

"휘이익—"

내용을 본 그가 휘파람을 불었다. 그의 눈이 먹이를
발견한 맹수처럼 번뜩이며 두 손이 자판을 바쁘게 두드
리기 시작했다.

*   *   *

석실로 들어선 하루카는 말을 잃었다. 그리고 그 자리에 무너졌다.

십자가에 못 박힌 소녀들을 보고 다리에 힘이 풀린 것이다.

벌벌 떨리는 어깨와 푹 숙인 턱 밑으로 주르륵 떨어지는 물방울들은 그녀의 심정이 어떤지를 말해주고 있었다.

이혁은 묵묵히 하루카를 지켜보았다.

그녀가 지금 느끼고 있는 격렬한 감정에 대한 해법은 시간밖에 없다는 걸 알고 있었다.

하루카가 어느 정도 진정될 즈음 그가 씁쓸한 어조로 입을 열었다.

"단테 알리기에리가 왜 지옥을 그처럼 어렵게 묘사했는지 모르겠소. 이 세상에는 그가 상상했던 것보다 더한 지옥이 널렸는데 말이오."

하루카가 아직도 떨리는 다리를 손으로 누르며 자리에서 일어나 그에게 고개를 돌렸다.

그녀와 눈이 마주친 이혁이 말을 이었다.

"이곳에서 저 여인들과 함께 있으시오. 오후가 되기 전에 사람이 올 거요. 그때쯤이면 아메네도 정신을 차릴 거고. 그들을 따라서 안전한 곳까지 가시오."

하루카의 눈동자가 흔들렸다.

"당신은요?"

"가르디를 잡으면 끝날 줄 알았는데 아직 할 일이 하나 더 남아 있소. 그걸 하지 않으면 평생 찜찜할 거 같아서 마무리를 지어야겠소. 그리고……."

그가 말끝을 흐리자 하루카의 눈에 의문이 떠올랐다.

이혁이 말했다.

"부탁이 하나 있소."

"말씀하세요."

"아메네와 함께 파리로 가줄 수 있겠소?"

"예?"

하루카의 눈이 커졌다.

그녀는 아메네를 구하면 모든 것이 끝나는 줄로 알고 있었다. 파리로 가야 할 이유도 없었고, 그런 일정은 생각해 본 적도 없었다.

이혁이 그녀의 눈을 들여다보며 말했다.

"당신이 이 나라와 여기 사람들에게 애정이 깊다는 걸 아오, 떠날 마음이 없다는 것도. 하지만 당신에게는 휴식이 필요하오. 그리고 어느 정도 시간이 지날 때까지는 은

둔할 필요도 있소. 유스푸와 가르디의 배후에 있는 자들이 눈에 불을 켜고 당신과 나를 찾아다닐 테니까."

"그들이 어떻게 당했는지 알게 된 후에도 배후에 있는 자들이 당신에게 복수할 생각을 할까요?"

이혁은 쓴웃음을 지으며 대답했다.

"당신 눈에는 내가 대단해 보이겠지만 이 세상에는 나 못지않은 능력자들이 많이 있소. 단지 그들이 세상에 나오지 않아 보통 사람들이 알고 있지 못할 뿐이오."

하루카가 알지 못하는 세상의 이야기였다. 하지만 이혁의 말이라면 돌멩이를 다이아몬드라고 해도 믿을 정도가 된 하루카는 온전히 그의 말을 받아들였다.

그녀의 얼굴에 걱정스러워하는 기색이 떠올랐다.

"당신… 도 위험한 거잖아요?"

이혁의 입가에 드리워졌던 쓴웃음이 씻은 듯이 사라졌다. 대신 오만해 보이기까지 하는 미소가 떠올랐다.

그가 말했다.

"위험한 건 당신이요, 내가 아니라. 그들이 나를 찾아오는 건 죽여달라고 목을 내미는 격이지."

그 말 한마디로 하루카의 불안은 단숨에 가라앉았다. 이혁의 바라보는 그녀의 눈동자가 가늘게 흔들렸다.

하루카는 어리석은 여인이 아니었다. 아니, 평범한 사람보다 훨씬 지적이고 용기 있는 여자였다.

그리고 나이지리아에서의 생활로 남다른 경험까지 풍부하게 한 여자였다. 그런 그녀가 자신의 마음이 이혁의 말에 어떻게 반응하고 있는지 모를 리 없었다.

그녀는 작게 도리질을 쳤다.

이혁은 그녀가 지금까지 살아오며 쌓아올린 인생관과 세계관의 극단적인 대척점에 서 있는 남자였다.

비록 결과적으로 참혹한 상황에 처했던 수십 명의 여인을 구하긴 했지만 그 과정은 말로 형용하기 어려울 만큼 잔혹하고 무자비했다.

수백 명의 남자가 시신도 온전하게 남기지 못한 채 죽었고, 차라리 죽여달라고 애원할 정도의 고문도 서슴없이 자행되었다.

인권은커녕 기본적인 생명 존중조차 찾아볼 수 없을 만큼 이혁은 냉혹했다. 그가 적을 상대할 때는 사람이 아니라 감정이 거세된 기계를 보는 듯할 정도였다.

하지만 그렇게 하지 않았다면 적과의 싸움은 위험해졌을 수도 있었다.

이혁이 만나는 적들을 궤멸시켰기에 적들은 상황을 제

대로 파악하지 못했고, 준비도 하지 못한 상태에서 이혁이라는 악몽을 만나야 했다.

그래서 하루카는 이혁이라는 남자를 이해하기 어려웠다.

그가 잔혹한 것이 목적을 위해서 수단과 방법을 가리지 않는 스타일이어서인지, 생명에 대한 존중이라는 걸 전혀 염두에 두지 않고 살아가는 남자여서인지, 아니면 여인들의 안전한 구출을 위해 불가피하게 저지른 일들인지 명쾌한 판단을 내릴 수가 없었던 것이다.

그녀는 입술 사이로 흘러나오려는 한숨을 억지로 눌러 참았다. 그리고 고개를 들어 이혁을 보았다.

그는 무언가를 생각하는 듯 먼 하늘에 시선을 둔 채로 우뚝 서 있었다.

그를 보는 것만으로도 그녀는 혼란스러워졌다.

좀 더 그에 대해서 알고 싶었고, 그를 보는 것만으로도 전기에 감전된 것처럼 등골을 타고 흐르는 전율과 가슴 두근거림을 어떻게 받아들여야 할지 알 수가 없어서 머리가 어지러웠다.

그녀는 입술을 잘끈 깨물며 잡념을 털어냈다.

이혁이 그녀를 보고 있었다.

그가 말했다.

"파리로 가겠소?"

하루카는 고개를 끄덕였다.

"그들이 무서워서는 아니에요. 아메네도 쿠메를 만날 때까지 보호자가 필요할 것 같아서예요."

이혁은 싱긋 웃으며 고개를 끄덕였다.

제4장

투투투투투투투-

심장을 두드리는 요란한 프로펠러 소리와 함께 두 대의 UH-60이 분지 위에 나타난 것은 새벽의 여명이 찾아들 무렵이었다.

어스름한 여명을 뚫고 모습을 드러낸 헬기들은 분지 위를 한 바퀴 선회한 후 거대한 동체를 뒤뚱거리며 중앙에 천천히 내려앉았다.

폭풍처럼 일어난 자욱한 흙먼지가 빙 둘러서서 헬기를 바라보고 있던 수십 명의 여인을 사정없이 덮쳤다.

여인들은 고개를 숙이고 손을 들어 얼굴을 가렸다.

헬기가 일으킨 바람에 서너 걸음씩 휘청거리며 뒤로 물러나야 할 정도로 여인들의 몸은 약해져 있었다.

그러나 바람 속에서도 안간힘을 쓰며 고개를 들어 헬기를 보는 여인들의 눈동자는 희망으로 밝게 빛났다.

헬기가 지면에 닿자마자 한 대에서 네 명씩 모두 여덟 명의 중무장한 군인(?)이 뛰어내렸다.

전투용 헬멧과 얼굴의 반을 가리는 고글을 쓴 그들은 머리부터 발끝까지 검은색으로 도배를 하고 있었다.

헬멧과 고글, 전투복은 물론이고 손에 낀 장갑과 전투화, 허리춤과 상체를 엑스 자로 가로지르는 탄띠, 그리고 탄띠에 매달려 있는 정체불명의 무기들과 손에 들고 있는 자동소총까지 모두 검은색이었다.

그들의 복장은 이 세상 어느 나라의 군복과도 비슷하지 않았다.

그러나 이곳에 있는 여인들 중 그것을 알 수 있을 만큼 세상사에 해박한 여인은 없었다.

가장 낫다 할 수 있는 하루카도 그들을 군인이라고 생각할 정도였으니까.

여덟 명 중 체격이 가장 호리호리한 군인이 하루카를 향해 걸어왔다.

일말의 주저함도 보이지 않는 그의 몸짓은 그가 하루카를 알고 있다는 것을 말해주었다.

그와의 거리가 2미터 정도로 가까워졌을 때 하루카는 자신이 '그'를 잘못 보았다는 것을 깨달았다. '그'는 남자가 아니었다. '그녀'라고 해야 옳았다.

180센티미터 가까이 되는 큰 키와 복장, 그리고 무기들 때문에 그녀가 여자라는 생각을 하지 못한 것이다.

그녀는 하루카의 코앞까지 다가와 걸음을 멈췄다.

하루카는 그녀가 대단히 인상적인 외모의 소유자라는 것을 알았다.

햇살에 그을린 피부는 갈색이었지만 너무 맑아서 잡티한 점 보이지 않았다. 그리고 고글 아래로 보이는 콧날과 입술의 선, 턱의 윤곽만으로도 그녀가 대단한 미녀라는 것을 쉽게 알 수 있었다.

여군이 하루카를 내려다보며 입을 열었다.

"당신이 하루카?"

그녀의 목소리를 듣는 순간 하루카는 저절로 이혁이 떠올랐다. 맑은 음색이었지만 그녀의 목소리 역시 그처럼 감정이 담겨 있지 않았다.

하루카는 고개를 끄덕였다.

"예, 제가 하루카예요."

"보스는?"

보스라는 말이 익숙하지 않았지만 그것이 이혁을 지칭하는 단어라는 건 생각할 필요도 없었다.

"그는 두 시간 전에 떠났어요."

고글에 가려 여군의 얼굴은 보이지 않았다. 그녀는 변함없는 얼굴로 하루카를 보고 있을 뿐이었다.

그런데 하루카는 왠지 여군이 실망하고 있다는 생각이 들었다. 순간적이긴 하지만 그녀의 분위기가 미묘하게 가라앉았다는 느낌을 받았던 것이다.

여군이 고개를 끄덕이며 말을 받았다.

"난 리마예요. 들었겠지만 저 여자들을 안전지대로 피신시킨 후 파리까지 당신과 아메네를 안전하게 모시라는 보스의 지시를 받고 왔어요."

이혁에게 익히 들었던 얘기다.

하루카는 신뢰가 담긴 눈으로 리마를 보며 말했다.

"기다리고 있었어요."

그녀가 말을 이었다.

"그가 어디로 갔는지 혹시 아나요?"

이혁은 떠나면서 남은 일이 있다고만 했을 뿐 아무런

설명도 없었다.

리마는 고개를 저었다.

"특별한 경우를 제외하고는 보스가 어디로 가서 무엇을 할지는 그분만 알아요. 우리는 보스가 필요로 할 때를 대비하며 기다릴 뿐이죠."

한 팀이라면 리마의 말처럼 움직여서는 안 된다. 저런 식으로 상하관계가 유기적으로 연결되어 있지 않으면 일의 효율이 너무 떨어지기 때문이다.

더구나 팀이 맡는 일이 생사가 찰나간에 오가는 전투를 동반하는 것이라면 말할 필요도 없는 일이다.

하지만 하루카에게 리마의 말은 너무나 자연스럽게 받아들여졌다.

리마의 어조에서 그녀가 이혁을 얼마나 깊이 신뢰하고 있는지를 알 수 있었던 것이다. 그리고 그 심정은 하루카도 다르지 않았다.

'그래… 보스가 그라면……'

하루카는 고개를 들어 서쪽 하늘을 바라보았다.

이혁이 떠난 방향이다.

*　　　　*　　　　*

사내는 이맛살을 심하게 찌푸리며 포크를 내려놓았다. 입 안 가득 고였던 뉴질랜드산 최상급 송아지 스테이크의 달콤한 육즙이 갑자기 쓰게 느껴졌다.

그는 망설임 없이 고기를 탁자 위에 뱉었다. 그리고 냅킨으로 입가를 닦고 심호흡을 했다.

어느새 자신의 코에서 나오는 바람이 뜨거워지고 있었다.

그는 살기에 젖은 눈을 들었다.

이십여 년이 넘도록 자신의 옆을 지켜 온 반백의 수하가 긴장한 얼굴로 그를 보고 있는 게 눈에 들어왔다.

그가 천천히 입을 열었다.

"다시 말해보게, 토니."

"어젯밤, 요베에 있는 공장이 공격당했습니다. 부하들은 몰살했고, 가르디는 실종되었습니다. 그는… 살해된 것으로 추정됩니다, 백작님."

백작이라 불린 사내는 창 쪽으로 고개를 돌렸다. 뉘엿뉘엿 서쪽으로 저물어가고 있는 태양이 눈에 들어왔다.

어둠이 본격적으로 밀려오고 있지는 않았지만 붉게 물든 노을이 피를 보는 듯해서 그는 들끓어 오르던 살기가 조금 진정되었다.

그가 토니에게 고개를 돌리며 물었다.

"물건은?"

"모두 불에 탄 것으로 보입니다. 현장에 흔적이 남아 있었습니다."

백작은 다시 한 번 숨을 길게 들이마셨다. 그리고 숨결이 조금씩 서늘해지는 것을 느끼고 만족했다.

차가운 분노는 그가 수십 년 동안 이루려 노력해 온 것이었고, 그가 세상에서 가장 존경하는 인물이 늘 강조하는 것이기도 했다.

"누구 짓이지?"

"아직 확신할 단계는 아닙니다만 짐작 가는 인물이 있습니다."

백작이 눈빛을 사납게 번뜩이며 말했다.

"빠르군. 가르디가 당한 걸 보면 공격한 놈들이 초보는 아닌 듯한데, 어떻게 꼬리를 잡았지?"

"소식을 듣고 조사하던 중에 바하마에 있는 가르디 소유의 계좌가 비어 있는 것을 발견했습니다. 오전 10시경, 그 계좌에 들어 있던 7백만 달러의 돈이 모두 인출되었습니다. 아시다시피 가르디는 돈에 관심이 없는 자입니다. 그는 자신의 컬렉션을 목숨보다도 더 아끼죠. 그것을 두고 갑자기 돈을 찾아 도주할 가능성은 전혀 없습니다. 그럴 이유도 없고요. 누군가 그의 계좌 비밀번호를 알아내 인출한 겁니다."

토니는 혀를 내밀어 마른 입술을 축이고는 말을 이었다.

"저는 혹시나 싶어서 유스푸의 계좌도 조사했습니다. 결과는 가르디의 그것과 마찬가지였습니다. 계좌는 텅 비어 있었습니다. 둘의 비어 있는 계좌와 살육의 현장에 누군가가 떠올랐습니다. 목표를 제거하고 보유한 재산을 강탈하는 걸로 유명한 자 말입니다."

토니의 대답은 미리 준비라도 한 것처럼 명쾌했다.

백작이 나직하게 말을 받았다.

"자네는 그들을 몰살시킨 자가 '제노사이더'라는 건가?"

토니는 무거운 얼굴로 고개를 끄덕였다.

"저는 '그'라고 생각합니다."

"흠……."

백작은 신음과도 같은 소리와 함께 얼굴을 굳혔다.

그들이 언급하고 있는 이름의 주인은 적으로 돌리는

것이 그리 간단하지 않은 존재였다.

두려워 할 것까지는 없었지만 껄끄럽기로는 세계 제일이라고 해도 과언이 아닌 자였으니까.

토니가 말을 이었다.

"저는 그자가 떠오르자마자 공장의 현장은 물론이고 가르디와 연결되어 있는 모든 자에 대해 조사를 지시했습니다. 그리고 방금 전, 그 결과를 보고받았습니다."

말과 함께 그는 옆구리에 끼고 있던 두툼한 서류철을 백작에게 건네주었다.

백작은 서류철을 열었다.

서류철에는 간략한 보고서 몇 장과 수십 장의 사진이 들어 있었다.

그는 묵묵히 보고서와 사진들을 꼼꼼하게 살펴보았다.

사진 속 장면들은 비위가 약한 사람은 볼 엄두도 낼 수 없을 만큼 끔찍했다.

피가 강물처럼 흐르고 있었고, 형태를 분간하기 어려울 정도로 갈기갈기 찢긴 시신들이 곳곳에 무더기로 쌓여 있었다.

5분 정도가 흐른 후 그는 서류철을 덮고 고개를 들었다.

기다리고 있던 토니가 입을 열었다.

"가르디뿐만 아니라 유스푸와 부하들조차 아무도 살아남지 못했습니다. 그리고 현장의 시신들은 한결같이 특수한 무기에 의해 신체가 조각조각 절단되어 사망에 이르렀습니다."

그의 분노가 깃든 목소리로 말을 이었다.

"한두 명도 아니고 적게는 수명에서 많게는 백여 명이 한꺼번에 동일한 수법에 의해 죽었습니다. 이렇게 무자비하게 적을 전멸시키는 현장을 남기는 자는 '제노사이더' 외에 아무도 없습니다."

"누군가 그자의 흉내를 냈을 가능성은 없나?"

"연출은 불가능하다고 생각됩니다, 백작님. 유스푸와 가르디는 수십에서 수백 명의 무장한 부하들이 경호하고 있었습니다. 그들이 누군가가 자신과 동료들을 조각내는 걸 멀거니 구경만 하지 않은 한 어떻게 그게 가능하겠습니까."

백작은 혀를 차며 가늘게 한숨을 내쉬었다. 모르고 한 질문이 아니었다. 그랬으면 하는 희망을 담은 것이었을 뿐.

그가 곤혹스런 얼굴로 뒷머리를 의자에 기대며 입을

열었다.

"제노사이더……."

그는 피로를 느끼는 얼굴로 토니를 보며 물었다.

"그가 왜 나이지리아까지 가서 유스푸와 가르디를 제거한 걸까? 그들은 그의 주목을 끌 만한 인물들이 아니잖나? 사업 규모도 연 2억 달러 정도에 불과해서 그가 관심을 가질 정도는 아니라고 생각되는데."

토니는 즉시 대답했다.

"그는 해결사입니다. 독자적인 판단으로 움직이는 인물이 아니죠. 백작님 말씀처럼 유스푸나 가르디는 그가 관심을 가질 정도의 인물이 아닙니다. 누군가 그에게 청부를 했다고 보는 게 합리적이라고 생각합니다."

"청부라… 감히… 우리의 일을 방해하고 싶어 하는 놈이 있다는 말이지……."

백작의 눈에 음습한 살기가 진하게 깔렸다.

그가 토니에게 물었다.

"가능성이 있는 자들은?"

"우리의 사업에 제동을 걸고 싶어 하는 자들은 여럿입니다만 이런 식으로 직접 타격을 가할 생각을 할 만한 적은 하나뿐입니다. 하지만 '그들'이 활동을 재개했다는 정보는 아직 어디에도 없어서… 백작님도 아시다시피 명확한 증거가 없으면 '그들'에게 책임을 묻기 곤란합니다."

똑똑똑똑…….

손끝으로 탁자를 두드리며 생각에 잠겼던 그가 토니를 향해 말했다.

"청부한 자가 누구인지 알기 위해선… 일단은 '그자'를 잡아야겠지. 만약 '제노사이더'의 배후가 '그들'이라면…….."

그는 이를 드러내며 싸늘하게 웃었다.

"이번에는 씨를 말려주겠다… 흐흐흐."

그의 시선이 토니를 향했다.

"유스푸와 가르디로 청부업자가 발을 멈출까?"

토니는 망설임 없이 대답했다.

"가능성은 반반이겠죠. 만약 배팅을 한다면 저는 그가 계속 진행하는 쪽에 걸겠습니다."

"왜지?"

"그가 제노사이더라면 자신의 일과 연관이 있는 모든 뿌리를 뽑으려 할 테니까요. 지금까지 그래 왔던 것처럼 말입니다."

백작은 고개를 끄덕이며 말을 받았다.

"자네의 배팅에 내 것도 더하도록 하지. 우리의 배팅이 대박을 친다면 그가 찾아갈 곳은 어딜까?"

백작과 토니의 눈이 마주쳤다.

토니가 대답했다.

"그는 아디마를 찾아갈 겁니다."

백작의 입가에 스산한 미소가 떠올랐다.

"손님 맞을 준비를 하게."

"예, 백작님."

토니가 허리를 숙여 인사를 하고 등을 돌리려 하자 백작이 생각난 듯 말했다.

"아, 토니."

"예."

"유스푸와 가르디가 여자들을 많이 데리고 있었던 걸로 아는데, 그녀들은 어떻게 되었나?"

토니의 대답은 앞서와 마찬가지로 즉시 나왔다.

"현장에서 오래전 죽은 여자의 시신은 여럿 있었습니다만 최근 사망한 것은 발견되지 않았습니다. 그래서 그들의 종적도 추적 중입니다. 여자들의 수가 적지 않기 때문에 곧 소재가 파악될 겁니다. 정보가 들어오는 대로 말씀드리겠습니다."

백작은 만족한 얼굴로 고개를 끄덕였다.

"그럼 수고해 주게."

토니는 다시 한 번 정중하게 허리를 숙이고 등을 돌렸다.

*   *   *

제라드는 노트북의 화면에 떠 있는, 꼬리가 상당히 긴 숫자들의 행렬을 들여다보며 흐뭇한 표정을 짓고 있었다.

"육백에 칠백이 더해졌으니까… 천삼백이네. 기대보다는 못하지만 궁핍한 이 동네 사정을 생각하면 적은 건 아니야."

중얼거리던 그가 벌떡 일어나 허공에 주먹질을 하며 소리쳤다.

"나쁜 새끼들! 이 동네에서 이런 돈을 모으려면 얼마나 나쁜 짓을 많이 했다는 거야!"

혼자 소리치고 씩씩거리던 제라드는 곧 다시 싱글벙글 웃는 얼굴이 되어 자리에 앉았다.

그의 손가락이 노트북 자판을 정신없이 두드려 댔다.

"이백만 정도면 저번 일을 하며 소모된 리마의 장비를 보충해 줄 수 있을 거고… 백만은 예비비로 좀 빼두고… 나머지는 노인네들한테 보내면 알아서 쓰실 테고……."

중얼거리며 자판을 두드리던 제라드의 움직임이 갑자기 딱 멈췄다.

그의 이마에 식은땀이 송골송골 솟았다.

갑자기 등골이 싸해지는 느낌.

익숙한 느낌은 등 뒤에 나타난 사람이 누구인지를 말해주었다.

"레… 레나님… 노크라도… 좀……."

그의 오른쪽 어깨 너머로 레나의 웃는 얼굴이 보였다.

노트북 화면을 주시한 채로 그녀가 말했다.

"흥미로운 화면이야, 제라드."

제라드는 재빨리 화면전환을 하려고 키를 눌렀지만 한발 늦었다. 그의 손가락들은 레나의 흰 손아귀 안에 들어가 있었다.

그녀는 화사하게 웃으며 눈짓으로 화면의 하단을 가리켰다.

"유스푸나 가르디는 익숙한데 저 이름이 좀 낯설어. 게다가 아직 그의 계좌는 확인조차 되지 않았네?"

제라드의 얼굴빛이 하얗게 변했다. 그는 몸으로 노트북의 화면을 가리려고 발버둥을 치며 말했다.

"레… 레나… 님……. 보스께서 별로 반가워하지 않으실……."

레나는 제라드의 손을 놓고 그의 통통한 볼 살을 부여잡았다. 그리고 그의 이마에 살짝 키스를 했다.

입술을 뗀 레나가 코앞에 있는 제라드의 눈을 보고 생글거리며 말했다.

"알려줘서 고마워, 제라드. 베리 베리 땡큐! 그리고 입 다물기야! 그에게 혀를 놀리면 어떻게 되는지는 잘 알지?"

윙크까지 더해진 귀여운(?) 협박.

제라드는 힘없이 고개를 푹 숙였다.

'죄송합니다, 보스. 저도 살아야지요!'

레나 앞에만 서면 한없이 작아지는 제라드였다.

*   *   *

이혁은 나이지리아 중북부 지역에 위치한 카노 인근의 야산 그늘 아래 있었다.

그는 현대식 망원경에 눈을 가져다 대고 4킬로미터 전방에 있는 군부대를 정찰하는 중이었다.

족히 십여 킬로미터를 둘러싼 철조망과 담장 너머로 수십 개의 막사와 대형 벙커들이 보였다. 그들은 가지가 울창한 수십 미터 높이의 거목들에 둘러싸여 있었다.

간간이 요란한 프로펠러 소리와 함께 헬기들이 뜨고 내렸고, 곳곳에 보이는 트럭과 탱크의 수도 적지 않았다.

연병장에서는 개미처럼 작게 보이는 병사들이 훈련을 받거나 구보를 하고 있었다.

병사들은 활력이 넘쳤고 군기도 엄정했다.

언뜻 보아도 여단 급은 가볍게 넘어서는 규모의 부대였다.

'아디마 살라프… 너는 오늘이 가기 전, 죽는다.'

이혁은 망원경을 내렸다.

사방이 어둑어둑해지고 있었다.

그가 가진 망원경은 배율은 높았지만 적외선 장비가 되어 있지 않아서 밤에는 무용지물이었다.

이혁은 바위에 등을 기댔다.

키를 가릴 정도로 자란 수풀들이 그의 앞을 막아주고 있어서 들킬 염려는 없었다, 물론 수풀이 없다 해도 노출

될 그가 아니긴 했지만.

그는 다리를 쭉 뻗었다.

나이지리아에 도착한 후로 처음이다 싶은 여유를 느끼며 그는 피식 웃었다.

'역시 혼자가 편해.'

하루카는 훌륭한 파트너였지만 그녀가 있음으로 해서 그는 늘 긴장해야만 했다.

그녀는 그와 같은 능력을 갖고 있지 못했다. 언제 어떻게 다칠지, 혹은 죽을지 알 수 없는 일이었다.

그는 자신의 동료를 눈앞에서 잃는 경험을 하고 싶지 않았기 때문에 그녀의 안전에도 신경을 써야만 했다.

지금은 신경 쓸 사람이 아무도 없는 완벽한 혼자였다.

그는 가르디를 생각하며 소리 없이 웃었다.

'지옥에서 염왕을 알현하고 있겠군.'

가르디를 지옥으로 보낸 사람은 당연히 그였다.

가르디는 이 세상에 세포 하나 남기지 못한 채 소멸(?) 당했다.

그는 자신이 아는 모든 것을 털어놓은 후 이혁에게 죽여줘서 고맙다는 말을 수없이 반복하다가 숨을 거뒀다.

소녀들을 박제하는 취미를 가졌던 그조차 차라리 죽여

줘서 고맙다는 말을 할 만큼 이혁의 손길은 무자비했던 것이다.

가르디가 털어놓은 건 많지 않았다. 그는 악마적인 취향을 가진 마약 제조의 전문가였을 뿐, 자신이 속한 조직에 대해서는 거의 알지 못했다.

그는 자신을 누가 고용했는지도 자신에게 얼마의 보수가 지급되는지도 알지 못했다.

소녀와 마약 외에 그는 아무것에도 관심이 없는 남자였기 때문이었다. 그런 그가 조직에 대해 아는 유일한 건 자신이 만든 마약을 가져가는 자에 대해서였다.

이혁의 눈이 군부대를 향했다.

'아디마. 북부에서 손꼽힐 정도로 강력한 군벌이 가르디의 배후라… 표면적인 배후에 불과하겠지만 그래도 참, 뭐라 할 말이 생각나지 않을 지경이네. 그러고 보면 하루카가 대단한 여자인 게 맞다. 이런 나라에서 목숨을 걸고 인권 활동을 하고 있으니 말이야.'

그는 쓴웃음을 머금었다.

가르디는 아디마 살라프의 이름을 말하고 죽었다.

이혁은 물론 그 이름을 처음 들었다, 그래서 그의 휘하에 있는 정보망을 통해 그에 대해 알아보았고.

아디마 살라프는 나이지리아 중북부에서 최고의 무기와 가장 잘 훈련된 군인들을 휘하에 거느리고 있다고 알려진 군벌이다.

그는 평소 부대 밖으로 거의 출입을 하지 않아 알려진 것보다 베일에 가려진 부분이 더 많은 인물이었다.

그에 대한 세간의 평은 그리 좋지 않았다.

그는 좋은 무기와 많은 수의 군인을 보유하고 있음에도 북부 지역을 휩쓸고 있는 이슬람 근본주의 무장 단체들과 전투를 꺼렸다.

게다가 특정 부족을 중심으로 구성된 그의 부하 군인들은 민간인들에게 무장단체의 대원들 못지않은 패악을 부렸다.

그럼에도 나이지리아 정치권에 대한 아디마의 영향력은 상당했다.

그는 나이지리아에서 세 손가락 안에 드는 강력한 부족 출신이었고, 카리스마가 상당한 편이어서 군부 내에 그를 지지하는 추종자들이 두터운 세력을 형성하고 있었다.

'그건 그렇고, 테일러의 말로는 최근 몇 년 동안 아디마의 부대 병력과 무기들이 비정상으로 많이 불어난 것처럼 보인다고 했었지. 최신 무기 중심의 장비 보강도 그렇지만 병력 증강이 걸려. 공식적으로 알려진 건 칠천 정도지만 실제로는 일만이 넘는 것으로 추정된다고, 엉뚱한 생각을 하고 있을지도 모른다는 게 테일러의 결론이었다.'

나이지리아의 인구는 1억 8천만이나 되지만 정규군은 15만 정도에 불과하다.

군장비도 열악했고, 군기도 엉망이었다.

이런 나라에서 일만의 군과 최신 무기들을 충분히 보유하고 있다는 건 의미가 간단하지 않았다.

내정이 어지러운 나라의 강력한 군벌 사령관이 은밀하게 장비와 병력을 보충하고서 벌일 엉뚱한 일이야 뻔했다.

이혁의 고향인 대한민국의 군대도 그런 일을 벌인 전력이 두 번이나 있었고, 과거의 나이지리아에서는 아주 흔한 일이었으니까.

'아디마는 쿠데타를 일으키려고 하는 건가? 어떤 꿈을 꾸든 그건 개인의 사생활이니까 내가 간섭할 건 아니지. 하지만 네가 무엇을 꿈꾸었던 그건 이루어지지 않을 거야, 아디마!'

이혁은 차갑게 눈을 빛내며 손바닥으로 턱을 쓸었다.

며칠 동안 면도를 하지 않아 자라난 수염이 까칠하게 손바닥을 긁어댔다.

이혁은 조심스럽게 움직이기 시작했다.

아직 어둠이 완전히 내리지 않은 지금, 굳이 안으로 들어갈 필요는 없었다. 그는 부대 내부가 잘 보이는 장소들로 이동을 거듭했다.

부대 건물의 위치를 통해 사령관의 숙소로 추정되는 건물을 찾는 것이다.

시간이 흘렀다.

식당으로 생각되는 건물에서 허연 김들이 올라왔고, 줄을 지어 그곳으로 이동하는 군인들이 보였다.

그리고 부대의 철조망을 따라 일정한 간격을 두고 서 있는 감시초소에서 하나둘씩 환한 서치라이트가 밖을 밝혔다.

이혁은 동남쪽 철조망에서 3백 미터가량 떨어진 야산의 어둠 속에 몸을 숨기고 있었다.

그의 눈은 부대 안, 중앙에서 그가 있는 쪽으로 가까운 곳에 세워진 2층 건물을 향한 채였다. 그가 있는 곳에서 건물까지의 거리는 1킬로미터 정도 되었다.

건물은 막사와 거목들이 겹겹이 에워싸고 있는 곳의 한복판에 자리 잡고 있어서 지금 그가 있는 곳에서만 지붕과 그 아래 모습을 일부 확인할 수 있을 뿐, 다른 지점에서는 전혀 보이지가 않았다.

두 시간 전 건물을 발견한 이혁은 그곳을 계속 주시했다.

건물과 연결된 길목에는 100미터 간격으로 바리케이드가 쳐져 있었고, 중무장한 병사들이 그곳을 지켰다.

정상적인 방법으로 그 건물로 들어가려 한다면 검문만 대여섯 번을 받아야 했다.

이혁은 저 건물이 아디마의 거처라고 확신했다.

'위성의 도움을 받을 수 있었으면 더 확실할 텐데. 역시 오래 살고 봐야 해, 제이슨이 아쉬울 때가 다 있고.'

이혁은 속으로 혀를 차며 웃었다.

아마도 그가 지금 하고 있는 일을 제이슨이 안다면 기겁을 할 것이다. 그가 이혁에게 도움을 줄지 아니면 기를 쓰며 말릴지는 알 수 없는 일이었다.

하지만 적어도 편하게 웃으며 보지 못할 거라는 건 분명했다.

아디마가 죽는다면 그가 가진 권력을 생각할 때 나이

지리아 정세에도 어떤 식으로든 영향을 줄 게 분명했다.

그리고 제이슨의 회사인 CIA는 나이지리아의 정세에도 관심이 많았다.

나이지리아는 석유와 지하자원이 풍부한 나라였다. 반면 정치권은 무능했으며, 관료 조직엔 상하 구분이 의미 없을 정도로 부정부패가 만연했다.

첩보 조직이 침투해 공작하기 최적의 환경을 가진 국가라고 할 수 있는 것이다.

목표한 건물을 지켜보며 이혁은 기다렸다.

얼마가 흘렀을까.

밖에 있던 군인들이 삼삼오오 무리지어 막사로 들어가는 것이 보였다. 그리고 잠시 후 수많은 막사의 불이 일제히 꺼지며 부대 안이 어둠에 잠겼다.

옅은 불빛들이 막사 밖으로 새어 나왔고, 서치라이트가 쉴 새 없이 내외를 비추었지만 거대한 부대를 밝힐 정도는 되지 못했다.

이혁이 기다리던 시간이었다.

그는 어둠과 동화된 상태로 철조망을 향해 이동했다. 그가 지나간 자리엔 일렁이는 공기만이 남았다.

첨단 장비의 센서에도 잡히지 않는 그였다. 시력이 아

무리 좋은 사람이라도 그를 보는 건 불가능했다.

서치라이트가 그의 몸을 훑고 지나갔다. 그러나 환하게 드러난 허공에 그의 모습은 보이지 않았다.

어둠과 빛이 교차하는 찰나의 순간에 암향부동 또한 동일한 변화를 일으켰기 때문이다.

그렇게 전진하던 그의 몸이 갑자기 제자리에 우뚝 멈춰 섰다.

그는 조금 어리둥절한 얼굴로 우측면을 보다가 근처에 있는 작은 바위 그늘 아래로 스며들 듯 몸을 감췄다.

'저 자식들은 뭐지?'

제5장

이혁은 눈살을 찌푸리며 뒤를 돌아보았다.

우측 뒤쪽 3백여 미터쯤 떨어진 곳에서 극도로 기척을 죽인 채 움직이고 있는 자들이 감각에 잡혔다.

네 개의 그림자가 군더더기 없이, 은밀하기 그지없는 몸놀림으로 서치의 빛을 피해 철조망으로 접근하고 있었다.

'제대로 배운 놈들이로군. 하지만 저 숫자로 대체 뭘 하려고?'

고개를 갸웃거리던 이혁은 감각에 잡힌 자들을 향해 소리 없이 전진했다.

그들은 전진하고 있었고, 이혁은 측면에서 다가서는 형국이라 그는 얼마 지나지 않아 검은 덩어리가 굴러가는 것처럼 이동하는 자들을 볼 수 있었다.

살색 자체가 검은 데다 날렵한 검은 색 일체의 군복을 입고 있어 별다른 장치나 배움이 없이도 어둠과 구별이 안 되는 자들이었다.

그들의 무장 상태는 간결했다. 등에는 소총을 메고 허리춤에 권총과 두 자루의 칼을 찼을 뿐이었다.

그들은 선두에서 달리는 자의 수신호에 즉각적으로 반응하며 철조망과의 거리를 좁혀갔다.

잠시 그들을 살피던 이혁은 생사를 장담할 수 없는 곳으로 달려가는 자들의 눈에 두려움이 담겨 있지 않다는 것을 깨달았다, 다른 어떤 감정도.

그들은 오랜 시간 고강도의 훈련을 거듭해서 받은 결과, 어떤 상황에서도 감정을 죽일 수 있을 정도가 된 자들이었다.

저런 유형의 인간은 용병 중에 없다.

저들보다 더 강력한 전투력을 보유한 용병이 있을 수는 있다. 하지만 그들은 이익을 위해 목숨을 거는 자들이다. 당연히 생존 욕구가 강해서 저렇게 감정을 죽이지는 못한다.

이혁의 눈이 서늘하게 빛났다.

'특수 부대원들이다. 나이지리아 정부 최고 수뇌부에
도 과단성 있는 사람이 있었군.'

최고의 군인들이 아디마의 부대로 잠입하려 할 이유는
한 가지뿐이다.

'아디마의 암살. 하지만 아무리 훈련이 잘되고 죽음까
지 각오한 군인이라도 해도 저 숫자로는 성공 가능성이
너무 낮은데… 저들 개개인이 터미네이터라도 되나?'

저들이 오늘 밤을 택한 건 구름이 많이 낀 기상 조건
때문일 것이다. 밤하늘은 달과 별을 보기 힘들 정도로 구
름이 짙었다.

이혁의 눈에 언뜻 놀란 빛이 떠올랐다.

한 번 더 그들을 훑어본 그는 선두에서 침입자들을 지
휘하는 자가 여자라는 것을 알아차렸다.

그들이 입은 침투복은 몸에 착 달라붙는 스타일이어서
그녀는 몸의 굴곡을 숨김없이 드러내고 있었다.

잠시 그녀를 바라보던 이혁은 곧 그녀에 대한 관심을
껐다.

여자라고 이런 일을 하지 말라는 법은 없으니까.

이혁은 미간을 찡그리며 생각에 잠겼다.

군인은 임무 수행 중 언제든 죽을 수 있다.

하지만 성공과 살아 돌아올 가능성이 극단적으로 낮은 작전에 최고의 군인들을 투입하는 정신 나간 지휘관은 정말 드물다.

그럼에도 저들의 지휘부는 훈련이 잘된 군인들을 사지로 투입했다.

그건 설령 저들이 살아 돌아오지는 못한다 하더라도 임무에 성공할 가능성이 크다고 지휘부가 확신했기 때문이라고 보는 게 합리적이었다.

'저 숫자로 아디마의 암살을 성공시키려면 적어도 셋 중 둘의 조건은 충족되어야 한다.'

이혁은 침입자들을 훑어보며 생각을 이었다.

'하나는 저들이 풍부한 경험을 가진 최고의 요원들이어야 한다는 것이고, 둘째는 누군가 부대의 관심을 다른 곳으로 돌려서 저들의 침입을 들키지 않게 도와야 한다는 것, 셋째는 아디마의 측근 중 누군가 암살을 직접적으로 지원하는 것. 저들의 지휘부가 어리석은 자들이 아니기를……'

잠깐 생각하는 사이 침입자들은 철조망 아래에 도착해

있었다.

그들이 하는 짓을 지켜보던 이혁의 입가에 미소가 떠올랐다.

멀쩡해 보였던 철조망의 하단은 한 사람이 통과할 수 있는 크기로 절단되어 있었다.

잘린 부분이 좌우에 연결되어 있어 그 사실을 알지 못하는 사람은 철조망이 온전하다고 착각할 수밖에 없을 만큼 교묘하게 숨겨져 있었을 뿐.

'내부에 돕는 자가 있다. 어찌 되었든 저들 덕분에 일이 쉬워지겠군.'

저들은 실패하든 성공하든 아디마의 관심을 충분히 끌어줄 존재였다.

이혁은 생각지도 못한 지원을 받은 격이었다. 현대식 무기로 무장한 일만 명의 한복판으로 들어가 아디마를 죽이는 건 아무리 그라도 마냥 쉽지만은 않았다.

사람의 눈을 피할 수 있다고 해서 총알까지 박히지 않는 몸은 아니었으니까.

그가 아닌 다른 자에게로 총구가 향하게 되었는데 마다할 이유가 없었다.

이혁은 사내들의 뒤를 따랐다.

부대 내부는 밖에서 보던 것보다 경계가 더 삼엄하다는 것을 알 수 있었다.

경비 초소는 사각을 최소화한 채 요소요소에 설치되어 있었고, 어쩔 수 없이 발생하는 사각지대는 2인 1조의 병사들이 경계를 섰다.

이슬람 근본주의 무장 단체와 수시로 교전을 하는 것을 고려하더라도 정도가 과했다. 전시 상태를 방불케 하는 수준의 경계였으니까.

이혁은 속으로 고개를 끄덕이며 생각했다.

'아디마도 자신이 위험하다는 것을 알고 있는 것 같군.'

생각을 하면서도 그의 시선은 침입자들을 뒤쫓는 것을 잊지 않았다. 그들은 사각지대를 순찰하는 경계병들에게로 접근하고 있었다.

내부로 들어오며 소음기가 장착된 권총을 손에 들고 전진하던 침입자들과 경계병들의 거리가 가까워졌다.

눈을 감지 않는 한 서로를 보지 못할 수가 없는 거리였다.

그러나 침입자들은 권총의 방아쇠를 당기지 않았고, 경계병들은 장님이라도 된 것처럼 그들의 옆을 아무렇지도 않게 지나갔다.

일순간 긴장하는 듯했던 침입자들은 선두의 수신호를 받으며 빠르게 안으로 달려들어 갔다.

이혁이 아디마의 거처로 추정했던 건물까지 가는 길에는 두 명의 중무장한 군인이 지키고 있는 바리케이드 네 개가 설치되어 있었다.

외부의 바리케이드 두 곳의 군인들은 사각지대를 순찰하던 경계병들과 마찬가지로 침입자들이 투명인간이라도 되는 것처럼 통과시켰다.

그 사이사이 이동 순찰조가 있었지만 그들은 침입자들을 발견하지 못했다.

침입자들은 나무와 건물을 이용해 몸을 숨기며 세 번째 검문소로 이동했다. 그리고 그곳부터는 침입자들의 움직임이 이전과 다르게 변했다.

그들은 이혁이 확연하게 느낄 정도로 느리고 신중하게 움직였다.

'더는 내부자의 도움을 받을 수 없는 지역에 들어선 모양이로군.'

그들은 사전에 약속이 되어 있는 것처럼 두 명씩 좌우로 흩어졌다. 잠시 후 경계를 서던 병사들은 소리 없이 등 뒤에 나타난 침입자들에 의해 목이 부러진 시체가 되었다.

침입자들은 시신을 건물 그늘로 옮겨놓고 계속 전진했다.

마지막 검문소가 설치된 곳은 건물과 십여 미터밖에 떨어져 있지 않은 곳이었다.

건물은 낮은 벽돌 담장에 둘러싸여 있었고, 검문소는 앞의 세 곳과 달리 바리케이드가 아닌 차단기로 외부인을 막고 있었다.

병사의 수도 세 곳보다 둘이 더 많은 네 명이었다. 눈빛이 강하고 덩치도 큰 자들이었다.

하지만 그들도 어둠 속에서 나타난 침입자들에게 별다른 저항을 하지 못했다.

숨을 두어 번 들이쉬기도 전에 그들은 목이 부러지거나 칼에 심장과 목을 관통당한 시체가 되어 땅에 누웠다.

경계병들을 죽이는 침입자들의 움직임은 보고 있는 이혁이 감탄할 만큼 빠르고 정확했으며, 일말의 망설임도 없었다.

마지막 경계병들까지 처리한 침입자들은 그때까지 등에 메고 있던 자동소총을 옆구리에 꼈다. 그리고 경비 초소와 담장에 몸은 숨긴 채 건물을 살폈다.

그들과 불과 5미터도 떨어지지 않은 어둠 속에서 침입자들을 무표정한 얼굴로 지켜보고 있던 이혁의 눈빛이 차가워졌다.

그의 시선이 괴괴한 침묵에 잠겨 있는 건물을 향했다.

'함정이다.'

그는 아무리 잘 훈련된 군인이라도 들을 수 없는 소리를 듣는다. 그뿐이랴. 그들이 느끼지 못하는 것도 손에 잡힐 것처럼 확연하게 느끼는 사람이다.

그의 초인적인 감각은 이층 건물 내부에 어림잡아도 6, 70명이 넘는 사람이 있다는 것을 말해주고 있었다.

일개 층의 규모가 백 평은 되어 보이는 건물이다. 거기다 사령관의 거처와 집무실로 사용되는 곳이어서 6, 70이라는 숫자가 많은 건 아니었다.

문제는 그들이 있는 장소가 1, 2층은 물론이고 옥상도 포함되어 있다는 것, 그리고 그들 중 아무도 잠을 자고 있지 않고 있다는 것이었다.

게다가 그들은 하나같이 숨을 죽인 채 지독한 살기를 뿜어대고 있었다.

이혁은 쓰게 웃었다.

'정보가 샜군. 하긴 이곳까지 오는 길이 너무 쉽긴 했다.'

침입자들은 분명 뛰어난 군인들이었고 그들을 내부에서 돕는 사람도 있었다.

그렇지만 이곳은 전시에 가까운 경계를 하고 있는 야전 부대였다.

그런 곳의 사령관 거처까지 오면서 들키지도 않고 한 명의 희생자도 내지 않은 건 납득하기 어려운 일이었다.

'그래도 저들이 너무 허무하게 죽는 건 별로 달갑지 않은데.'

이혁은 자신이 아디마를 죽일 때까지는 침입자들이 다른 자들의 관심을 끌어주기를 원했다.

그는 건물 내부에 있는 자들이 기다리는 대상이 자신일 거라고는 상상조차 하지 못했다.

침입자들이 알면 억울해 할 일이었다.

그들은 오늘의 작전을 위해 두 달 동안 지옥과도 같은 도상훈련을 거쳤다. 그리고 죽으면 가족에게 전달될 유서까지 남기고 왔다.

그는 담장을 따라 20미터를 이동했다. 그리고 바닥에 떨어져 있는 돌을 주워들었다.

천강귀원공의 기운이 손바닥을 통해 돌로 흘러들어 갔다.

그는 천천히 돌을 손에서 놓았다.

그의 손을 떠났음에도 돌은 땅으로 떨어지지 않았다. 오히려 지구의 중력을 거스르며 조용히 담장을 넘어 앞으로 날아갔다.

암왕사신류의 혈우팔법 중 유일한 암기수법인 혈우호접몽이 아프리카에서 펼쳐지고 있는 것이다.

이혁은 돌에 세 가지 절기를 펼쳤다.

하나는 힘의 근원인 천강귀원, 둘째는 은밀하게 날아가는 혈우호접몽, 그리고 마지막 세 번째는 목적지에서 화려하게 터지는 폭뢰경혼추의 경력이었다.

건물에서 3미터 거리까지 나비가 날아가듯이 조용하고 부드럽게 접근한 돌의 움직임이 급격하게 변했다.

쐐애액!

공기가 찢어지는 소리와 함께 돌은 건물의 외벽을 쳤다. 그리고 충돌 직전, 돌의 내부에 숨어 있던 폭뢰경혼추의 기운이 무서운 기세로 폭발했다.

쾅!

와장창창!

폭탄이 터지는 듯 거창한 소리와 함께 충격을 직접 받은 측면 건물의 유리창들이 한꺼번에 터져 나갔다.

숨죽인 채 이어지던 정적은 단숨에 깨졌다.

타타타타타탕-

콩을 볶는 듯한 총성과 함께 건물 내부에서 작은 불꽃들이 명멸했다.

두두두두두두두두두-

소총의 총성 속에 그보다 조금 더 무겁고 둔탁한 소리도 뒤섞여 있었다. 그건 옥상에 배치된 M60이 불을 뿜으며 내는 소리였다.

수십 명이 한꺼번에 쏘아대는 총알들이 폭발이 일어난 방향과 경비 초소가 있는 곳의 지면을 융단 폭격했다.

곳곳이 푹푹 패이며 흙과 돌들이 어지럽게 튀었다.

총성과 함께 건물의 옥상과 2층의 곳곳에서 일제히 서치라이트들이 켜졌다.

건물 주변이 대낮처럼 환해졌다.

침입자들의 모습이 드러났다. 담장과 경비 초소가 총알은 막아주었지만 서치의 빛은 어쩌지 못한 것이다.

아디마가 습격에 대한 준비를 하고 있었다는 건 확실해졌다.

침입자들은 돌변한 상황에 당황한 듯했다. 그러나 그들이 받은 가혹한 훈련은 헛되지 않았다.

그들은 엄폐물에 몸을 숨기며 즉각 대응사격에 돌입했다.

타타타타타탕-

그러나 그들의 총구에서 쉴 새 없이 뿜어지는 불꽃은 적들의 것에 비하면 보잘것없었다.

전력의 차이가 너무 컸다.

묵묵히 방아쇠를 당기는 침입자들의 표정은 처음과 달라지지 않았다. 그러나 눈빛은 점점 칙칙하게 가라앉아 갔다.

사람이기에 어쩔 수 없는 불안과 절망이 그들의 눈빛을 어둡게 만든 것이다.

함정에 빠진 것이 확실해진 이상 그들이 살아나갈 가능성은 없었다.

벌써 사방은 대낮같이 환해져 있었다.

이미 부대 안의 불이란 불은 전부 켜졌다. 외부를 비추던 서치라이트도 이곳으로 방향을 바꿨다.

수백 명이 한꺼번에 내딛는 육중한 군화 소리와 함께 멀리서 헬기의 프로펠러 소리도 들려 왔다.

불을 끈 채 어둠 속에서 대기하고 있던 수백에 달하는 아디마의 친위군이 이곳으로 몰려들고 있는 것이다.

이혁은 원했던 상황이 펼쳐지자 즉시 움직였다.

그는 눈먼 총알조차 날아오지 않는 건물의 뒤쪽으로 이동했다.

이곳에도 서치라이트는 있었지만 그는 신경도 쓰지 않았다. 적외선과 같은 첨단장비도 무용지물로 만드는 것이 암왕사신류의 은신법이다.

총알이라면 몰라도 보통 사람의 눈은 그에게 신경 쓸 거리조차 되지 못했다.

그는 한 걸음에 담장을 넘은 후 건물을 향해 달렸다.

담장과 건물의 거리는 십여 미터에 불과해서 두 걸음을 디뎠을 때 벽 근처에 도달했다.

그의 두 손바닥과 발이 벽에 흡착판처럼 달라붙었다. 그는 영화 속의 스파이더맨처럼 벽을 타고 옥상으로 올라갔다.

고대 동양무예인 벽호공을 보완 발전시킨 무영경 이십사절 중의 하나, 묘수장공이었다.

옥상에는 삼십여 명의 군인이 있었다.

일부는 서치를 조작했지만 대다수는 M60과 소총을

들고 있었다.

그들은 난간에 몸을 숨긴 채 아래쪽을 향해 정신없이 방아쇠를 당기는 중이었다.

그들은 모두 아디마의 총애를 받는 친위군에서도 골라 뽑힌 정예였다.

이혁은 옥상의 중앙 쪽으로 이동했다. 그곳에는 아래층으로 향하는 비상구가 있었다.

군인들 중 자신들의 등 뒤에 신경을 쓰는 자는 아무도 없었다. 긴 직사각 형태인 지붕의 사면에는 모두 그들의 동료들이 배치되어 있었다.

당연히 군인들은 설마 누군가 중앙 비상구까지 무인지경으로 진입할 거라는 생각을 하지 못했다.

그건 그들의 잘못이 아니었다.

이혁이 익힌 고대 무예는 상식의 궤를 크게 벗어나 있었다.

뛰어난 군인이지만 감각은 보통 사람보다 크게 나을 것이 없는 그들이 이혁의 존재를 알아차리는 건 애당초 불가능했다.

옥상의 군인들뿐만 아니라 1, 2층에 있는 자들의 이목도 온통 밖을 향하고 있었다.

하늘에서 떨어지지 않는 한 위쪽에서 적이 나타날 수는 없었기 때문이다.

그리고 하늘은 이미 사전에 지시를 받은 돌격 헬기 부대원들의 헬기에 의해 장악되어 있었다.

공중 침투는 염두에 둘 필요도 없는 상황인 것이다.

상황이 그래서인지 비상구를 지키는 군인은 없었다. 덕분에 이혁은 아무런 방해도 받지 않고 비상구를 통해 2층으로 내려올 수 있었다.

불이 꺼진 2층은 넓은 복도와 그 양쪽에 여러 개의 방을 가진 구조였다. 닫힌 방문은 하나도 없어서 안이 환하게 보였다.

방마다 두어 명의 군인이 벽에 기대어 창밖으로 정신없이 총을 쏘고 있었다. 중형의 서치라이트가 설치된 방도 여러 개였다.

이혁은 빠르게 복도를 따라 달렸다.

애도를 표해 마땅한 자들이 만들어준, 기대하지 않았던 멋진 기회였다. 쓸데없는 여유를 부려서 그들의 노고를 헛되게 하는 건 예의(?)가 아니었다.

달려가는 그의 두 눈은 복도 끝에 고정되었다. 그의 눈동자에는 소총을 든 세 명의 군인이 긴장한 얼굴로 경비를 서고 있는 커다란 문이 들어 있었다.

달려가는 이혁의 양 손가락 끝에서 반투명한 붉은빛이 일렁였다.

환상혈조.

세 명의 군인은 코앞의 허공에 갑자기 나타난 붉은빛에 어리둥절한 얼굴이 되었다. 그것이 그들의 마지막이었다.

목이 잘린 세 구의 시신이 바닥에 쓰러지기 전 이혁은 호주머니에서 무언가를 꺼내어 손에 쥐며 전신으로 문을 들이받았다.

파직!

문이 터져 나가는 데도 소리는 이상할 정도로 적었다. 문은 전체가 아니라 사람의 형태로 부서져 있었다.

이혁이 천강귀원의 힘에 가속을 더하여 부딪친 결과였다.

뻥 뚫린 문을 통해 이혁이 화살처럼 튀어나왔다.

그는 굳이 암향무영으로 몸을 숨기지 않았다. 그러기에는 내부에 있는 자들이 너무 평범(?)했기 때문이었다.

커다란 마호가니 책상 너머에 앉아 있던 평상복 차림의 덩치 큰 흑인이 벌떡 일어났다.

책상 앞에 있던 정복을 입은 세 명의 중년 흑인, 그리고 양복 차림의 백인 두 명과 동양인 두 명도 뒤를 돌아보았다.

그들의 눈이 쟁반만큼이나 커졌다.

이혁의 눈빛이 스산하게 번뜩였다.

사람이 많은 건 이미 알고 있었다. 하지만 그들 중에 민간인이 네 명이나 포함되어 있을 거라고는 생각하지 못했다.

그러나 그것이 걸음을 멈출 이유는 되지 못했다.

그는 한 걸음에 방을 가로질렀다.

목표는 7미터 떨어진 맞은편의 평상복 차림을 한 오십 대 전후의 흑인이었다.

그의 얼굴은 이혁에게 낯설지 않았다. 테일러의 보고서에 들어 있던 아디마 살라프와 같은 외모를 갖고 있었으니까.

"&$$&$%!"

"*$&*$&#$#$%$!"

"shit!"

"god damn!"

알아들을 수 없는 나이지리아 말과 익숙한 영어가 이

혁의 귀를 파고들었다.

흑인들의 반응은 느렸다. 이혁을 보고 놀라 고개를 돌린 게 그들이 한 행동의 전부였다. 하지만 백인과 동양인들은 달랐다.

백인들은 무서운 속도로 품속에서 권총을 꺼내 들었고, 동양인들은 권총에 더해 허리춤에서 짧은 단검을 꺼내 들며 이혁의 앞을 막아섰다.

동양인들의 몸놀림은 놀라울 정도로 빨랐다.

그들은 이혁이 5미터를 전진해서 마호가니 책상 앞에 도착했을 때 그의 앞을 막아설 수 있었다.

물론, 그건 그들이 책상에서 두 걸음밖에 떨어져 있지 않았기 때문에 가능했지만 그것만으로도 대단한 것이었다.

이혁이 움직이는 속도는 거의 눈에 보이지도 않을 정도로 빨랐으니까.

그의 눈에 흥미로워하는 기색이 떠올랐다. 하지만 그뿐이었다.

그는 달리던 속도 그대로 허공으로 떠올랐다. 마치 바닥이 그를 밀어주기라도 하는 것처럼 무게를 느낄 수 없는 동작이었다.

뛰어오르며 그는 움켜쥐고 있던 손을 활짝 폈다.

슈슈슈슉!

그의 손바닥을 벗어난 다섯 개의 동전이 날카로운 파공음을 내며 허공을 가로질렀다.

동전의 궤적에 세 명의 흑인과 권총을 꺼내 들던 두 명의 백인의 목이 걸렸다.

핏핏핏!

목을 관통당한 다섯 명은 뭐가 어떻게 되는지도 모른 채 숨이 끊어졌다.

이혁은 동전을 던지자마자 무릎을 가슴으로 끌어당겼다. 그대로 그의 몸이 머리를 아래로 발을 위로 하며 반회전했다.

모두 허공에서 이루어진 움직이었다.

그의 머리 아래 동양인 둘이 있었다.

그는 무심한 눈으로 아래쪽을 향해 두 손을 쭉 뻗었다.

동양인들의 안색이 하얗게 변했다.

그들은 눈앞에서 이혁의 움직임을 놓쳤다.

이 정도로 쌍방 간에 속도의 차이가 나면 방어는 불가능하다.

스팟!

반투명한 붉은빛이 그들의 머리를 내리찍었다.

환상혈조가 꿰뚫고 빠져나간 그들의 정수리에서 시뻘건 선혈이 분수처럼 뿜어져 나왔다. 그들의 멍한 눈에서 서서히 빛이 꺼졌다. 그리고 스르르 주저앉았다.

착!

이혁은 마호가니 책상 위에 나비처럼 사뿐히 내려앉으며 입을 열었다.

"사령관쯤 되니 영어는 할 줄 알 테고. 궁금한 게 좀 있는데, 순순히 대답할 건지 반항할 건지 결정해라."

아디마는 검은 얼굴이 하얗게 보일 정도로 창백해져 이혁을 보며 말했다.

"무엇을 알고 싶어 하는지는 모르겠다만 순순히 말해주면 살려줄 건가?"

이런 상황에서도 그의 목소리는 떨리지 않았다. 심성이 어떻든 군부 내에 추종자가 왜 많은지를 알 수 있게 하는 태도였다.

이혁은 흰 이를 드러내며 소리 없이 웃었다.

"당신이 선택할 수 있는 건 둘 중 하나밖에 없어. 편하게 죽거나 고통스럽게 죽거나."

아디마의 얼굴이 일그러졌다.

"네가 제노사이더냐?"

이번에는 이혁이 인상을 썼다.

그는 '제노사이더'라는, 업계에서 그를 부르는 명칭을 좋아하지 않았다.

그가 말했다.

"물어야 할 게 하나 더 늘었군, 당신이 나를 어떻게 알고 있는지에 대해서 말이야. 그건 그렇고, 나는 나를 그렇게 부르는 걸 좋아하지 않아."

아디마의 눈이 이혁의 등 뒤를 향했다.

문이 부서질 정도의 소란이 있었으니 부하들이 오기를 기대하는 것이었다. 하지만 그의 기대는 보답받지 못했다.

침입자들의 거친 저항은 아직도 끝이 난 게 아니어서 건물 내외부는 귀를 찢는 총성으로 가득 차 있었다.

한두 명도 아니고 수십 명이 동시에 총을 쏘고 있었다.

게다가 총들 중에는 M60 같은 중화기도 섞여 있었다.

문 부서지는 소리는 총소리에 묻힌 것이다.

이혁은 아디마의 속내를 짐작하고는 피식 웃었다. 그리고 손가락 끝으로 아디마의 미간을 짚었다.

굳이 시간을 끌 이유는 없었다.

암왕사신류 비전의 고문수법인 단심루의 기운이 손끝에 닿은 미간을 통해 아디마의 몸으로 흘러들어 갔다.

수십 년을 군부에 몸담았지만 엘리트 코스만 밟으며 살아온 아디마가 버틸 리 만무했다. 그는 30초도 버티지 못했다.

아디마의 뼈와 전신 근육이 기괴하게 뒤틀렸다. 눈과 입, 코, 귀에서는 거무죽죽한 핏물이 흘렀다.

"제… 발… 제… 발… 죽… 여……."

감정이 느껴지지 않는 눈으로 아디마를 지켜보던 이혁의 손가락 끝이 다시 아디마의 미간을 짚었다.

혼미하던 아디마의 눈에 조금씩 빛이 돌아왔다.

이혁은 몇 가지를 물었다. 그리고 아디마는 자신이 아는 모든 것을 술술 불었다. 그의 머릿속에는 한 가지 소원밖에 없었다.

질문은 많지 않았고 대답도 짧았다.

원하는 것을 모두 들은 이혁의 손날이 망설임 없이 아디마의 목을 쳤다. 하지만 손이 움직이는 속도는 느렸다.

그 손길을 바라보는 아디마의 얼굴에 원한과 공포가 떠올랐다.

이혁은 몇 분도 되지 않는 짧은 시간 동안 아디마가 평생 느껴본 적이 없었던 감정을 뼈가 저릴 정도로 절실하게 안겨주었다.

그러나 그의 눈빛 깊은 곳에는 기쁨과 안도의 기색도 섞여 있었다.

그에게 이혁의 적으로 사는 건 죽는 것보다 못한 일이다. 그의 마지막 소원은 빨리, 그리고 고통 없이 죽는 것이었다.

퍼석!

일격에 목뼈가 으스러진 아디마는 혀를 길게 빼물며 그 자리에 무너져 내렸다.

제6장

이혁은 방을 빠져나왔다. 들어왔던 길과는 반대로 1층
으로 내려가기로 했다. 목적은 이루었다. 길을 돌아나가
는 건 시간낭비였다.

　1층으로 향한 비상구를 향해 달려가는 사이 총소리가
빠르게 잦아들었다.

　비상구 근처에 도달한 이혁은 내려가는 대신 근처의
방으로 들어갔다. 더 이상 바쁘게 움직일 필요는 없었다.

　설령 우연히 그를 도운 침입자들이 전멸한다고 해도
그가 부대를 빠져나가는 건 숨 쉬는 것만큼이나 쉬운 일
이었다.

그의 앞에 등을 돌리고 총을 쏘고 있는 두 명의 군인이 보였다. 그는 암향무영의 은신법을 펼쳐 그들의 그림자에 숨었다. 그의 눈길이 창밖을 향했다.

침입자들이 모여 응사하는 지점에 보이는 총구의 섬광은 하나뿐이었다. 셋은 고개를 숙이고 벽에 기대앉아 있거나 바닥에 널브러져 있었다.

셋 다 조금의 움직임도 보이지 않는 것이 죽은 듯했다.

이혁은 눈에 공력을 끌어모았다.

번뜩이는 섬광에 가려져 있던 그 너머의 모습, 총의 주인이 보였다. 땀에 젖은 얼굴은 놀랄 만큼 아름다웠다.

그리고 여전히 무표정했다.

침입자들을 지휘하던 선두의 여자였다.

'대단한 정신력에 생존력이군.'

그녀는 포위된 상태였다.

건물 내의 적뿐만 아니라 대기하고 있다가 몰려든 뒤쪽의 친위군들이 인의 장막을 이루며 그녀를 향해 총을 쏴댔다. 게다가 상공에는 헬기까지 떠 있었다.

그런데도 여인은 아직 버티고 있었다.

대단한 능력이었다. 하지만 그녀에게 주어진 시간은 길지 않을 터였다. 장비와 수의 열세가 너무 극심했다.

그녀는 혼자였고, 적은 최하 중무장한 군인 수백인 것이다.

'그녀를 생포하려는 모양이로군.'

적들은 수류탄이나 유탄발사기와 같은 효과적인 제압무기를 사용하지 않고 총만 사용하고 있었다. 헬기도 떠있기만 할 뿐 공격은 하지 않았다.

그녀가 아무리 대단하다 해도 헬기에 탄 자들이 저격을 했거나 수류탄류의 광역 제압 무기를 사용했다면 전투는 이미 끝이 났을 것이다.

우연이었을까.

생각에 잠긴 채 전장을 바라보던 이혁은 섬광 너머의 그녀와 눈이 마주쳤다.

그의 어깨가 움찔했다.

죽음을 코앞에 두고서도 표정이 없던 여인의 눈에 의혹과 놀람의 기색이 떠올라 있었다.

단순한 놀람이 아니었다.

비록 순간적이었지만 그녀가 들고 있는 총에서 섬광이 사라졌다. 방아쇠를 당기는 걸 잊을 정도로 그녀의 놀람이 컸다는 걸 극명하게 보여주는 행동이었다.

그의 미간이 저절로 일그러졌다.

그녀는 그를 보았다. 그렇지 않았다면 저렇게 한밤중에 뱀을 밟은 여자나 지을 법한 얼굴을 할 리 없었다.

적아를 막론하고 그는 암향무영을 완성한 후 환경과 동화된 자신을 볼 수 있는 사람을 만나보지 못했다.

은신법은 암왕사신류 모든 무예의 처음이자 마지막이라 할 수 있을 만큼 막중하다.

그리고 암향무영은 무영경의 여러 은신법 중에서도 가장 익히기 난해한 만큼 불가해한 위력을 가진 무예였다.

그런 무예가 저 여인의 눈앞에 적나라하게 드러난 것이다.

이혁은 마음을 정했다.

그녀가 어떻게 자신을 볼 수 있는 것인지를 알아야 했다. 그리고 그녀와 같은 능력을 가진 사람이 또 있는지도.

만약 그녀와 같은 사람이 세상에 적지 않다면 그는 예상치 못한 위험에 언제든 노출될 수 있었다. 그건 진심으로 반갑지 않은 일이었다.

여인과 주변을 빠르게 살펴본 이혁은 인상을 썼다.

'골치 아프군.'

혼자 이곳을 벗어나는 건 정말 쉬웠다. 하지만 저 여

자를 데리고 빠져나가려 하면 얘기가 완전히 달라졌다.

그녀는 그를 볼 수 있는 특별한 능력을 가지고 있었다. 하지만 그녀의 은신술은 보통의 군인 수준을 벗어나지 못하는 게 분명했다.

그녀에게도 이혁과 같은 은신 능력이 있었다면 저런 무식한(?) 침입 방법을 택했을 리 없었으니까.

'쩝, 한 치 앞을 모르는 게 세상사라더니. 이번에는 내가 길을 열어줘야 할 차례인가 보군. 일단 총격전부터 중지시켜야겠지.'

그녀를 구하는 건 그다음 문제였다.

그는 수백 명이 쏘는 총탄의 빗속으로 걸어 들어갈 마음 따위는 눈곱만치도 없었다.

멀리서 시작할 것도 없었다.

이혁은 자신의 앞에 있는 두 군인의 뒷목에 환상혈조를 꽂아 넣었다.

푹푹!

열심히 총을 쏘던 군인들은 영문도 모른 채 죽었다.

이혁은 한 자루의 총을 주워 들고 군인들이 소지하고 있던 수류탄 탄띠를 풀러 어깨에 대충 둘렀다.

방을 나온 그는 복도의 끝까지 바람처럼 달려가며 좌

우의 방마다 수류탄을 까 넣고, 총알을 퍼부었다.

건물 안팎은 삽시간에 아수라장으로 변했다.

내부는 느닷없이 나타난 등 뒤의 적 때문에, 그리고 외부는 사령관인 아디마가 안전하게 머물러 있을 것이라 생각했던 2층에서 갑자기 터져 나온 폭발음과 총성에.

건물의 1층과 옥상은 물론이고, 여인을 포위하고 있던 자들까지 손을 멈췄다.

치열한 총격전이 꿈이었던 듯 갑자기 모든 총성이 사라졌다.

대신 극심한 혼란이 그 자리를 채웠다.

"@##%&%$**!"

"##$*%&*%*&!"

여기저기서 알아들을 수 없는 소리가 터져 나왔다.

소리를 지르는 자들은 한둘이 아니었다.

2층이 전쟁터로 변하고 불길이 건물을 집어삼킬 듯 타오르고 있는데도 아디마는 나타나지 않았다.

그의 최측근 인물들도 마찬가지로 모습을 볼 수 없었다.

보이는 건 불길에 휘감긴 건물 옥상과 1층에서 살기 위해 정신없이 튀어나오고 뛰어내리는 친위군 병사들뿐이었다.

그 광경은 중대한 사실을 말해주고 있었다, 아디마와 측근들이 이미 제거되었다는 것.

가장 어리석은 병사조차 아디마의 신변에 이상이 생겼다는 것을 직감했다.

그래서 악착같이 살아남아 그들에게 대항하던 마지막 침입자는 더 이상 관심을 끌지 못했다.

여인은 판단 능력도 남달랐다.

그녀는 방아쇠에서 손을 놓았다. 지금은 적을 자극해서는 안 되는 때였다.

그녀가 총을 쏜다면 저들은 더 이상 그녀를 사로잡으려 하지 않고 죽일 터였다. 아디마는 그들에게 최소한 한 명 이상의 침입자들을 사로잡으라고 명령했다.

아마도 배후를 알아낼 생각이었으리라. 어쩌면 향후 그의 행보에 중요한 명분을 만들어줄지도 모르는 일이었으니까. 하지만 그는 제거되었다.

이제는 그의 부하들이 그녀를 살려둘 이유는 없었다.

그녀는 조심스럽게 주변 분위기를 살폈다. 혼란스러워지긴 했어도 적들은 아직 진형을 유지하고 있었다.

'우리 말고 다른 팀도 투입됐었나? 그럼 우리는 미

까……'

상상조차 하고 싶지 않은 일이었다. 하지만 드러난 결과는 명확했다.

그녀는 이를 악물었다.

'군인은 명령에 따를 뿐. 아디마는 죽었어. 나는 내 역할을 충실히 수행했다. 상부의 작전은 옳았어.'

그녀가 이끄는 팀의 목표는 아디마의 제거였다. 비록 그녀의 팀이 그 역할을 수행하지는 못했지만 목표는 달성되었다.

명령을 내린 사람이 그녀에게까지 다른 팀의 존재를 비밀에 붙였다는 것. 그리고 나름 최고의 대원들로 이루어졌다고 믿었던 자신의 팀이 미끼 역할에 불과했다는 걸 받아들이는 건 쉽지 않았다.

그러나 결과는 그녀의 마음과 상관없이 최고수뇌부의 바람대로, 성공적으로 이루어졌다.

그러면 된 것이다.

'여기서 죽는 걸까… 포기하지 말자!'

빠져나갈 구멍은 보이지 않았다. 적의 수는 너무 많았다. 그녀가 들어온 방향은 병사들로 인해 완전히 막혀 있었다.

엄폐물에 몸을 숨긴 채 그녀는 불타는 건물을 돌아보았다.

'그런데 아까 그자는 누구지? 다른 팀의 요원? 하지만 윗분들이 어디서 그런 능력자를 구했을까?'

파노라마처럼 떠오르는 의혹으로 그녀의 머리도 점점 복잡해져 가려 할 때 정체를 알 수 없는 조력자(?)가 그녀를 도왔다.

탕! 탕! 탕!

혼란을 찢어발기는 날카로운 총성과 함께 그녀를 포위하고 있던 자들이 무더기로 쓰러지기 시작했다.

혼란과 공포가 친위군을 단숨에 휘감았다.

그럴 수밖에 없었다.

총탄은 그들 무리의 밖에서 날아오지 않았다.

쓰러진 자들은 하나같이 뒤통수에 구멍이 뚫려 죽었다. 게다가 거리가 십여 미터 이상씩 떨어져 있는 자들이 거의 동시에 총을 맞고 죽었다.

보이지 않는 적이 그들 속에 있었다. 그것도 한둘이 아니었다.

친위군은 총을 부여잡고 적을 찾기 위해 자신의 주변을 돌아보았다. 하지만 자신과 같은 표정을 하고 있는 동료의 얼굴만을 볼 수 있을 뿐이었다.

적은 머리카락 하나 볼 수 없었다.

탕탕탕탕탕!

총소리는 쉴 새 없이 났다.

쓰러지는 자들도 끊이지 않았다.

바로 앞에서, 옆에서, 뒤에서 뒤통수에서 피를 뿜으며 동료들이 죽어갔다.

"!#!$!@$!$."

"!$!@%%%%@#!"

두려움과 공포가 친위군의 이성을 마비시켰다.

그들이 견고하게 유지하던 진형은 단숨에 붕괴되었다. 친위군들은 처음에는 뒷걸음질로, 나중에는 몸을 돌려 전력 질주로 도주했다.

'팬텀……?'

여인도 적들이 어떻게 죽어가는지 보았다. 건물을 태우는 불은 점점 커져 가고 있었고, 그로 인해 주변은 대낮처럼 밝았다.

전신에 불빛을 받으며 '팬텀'이 적을 죽이고 있었다.

여인은 고개를 저어 잡념을 털어냈다. 조력자가 유령이든 아니든 지금 그걸 생각할 때가 아니었다.

그녀는 탈출의 기회가 왔음을 직감했다.

혼란에 빠진 병사들은 자신을 지키기도 바빴다. 그래서 아무도 그녀를 주목하고 있지 않았다. 그리고 무너진 진형으로 인해 탈출로도 열렸다.

이럴 때 망설이는 건 총소리에 얼어붙은 신임 병사들이나 하는 짓이다.

그녀는 포복하던 자세에서 몸을 일으켜 허리를 숙이고 미친 듯이 달렸다.

사방으로 개미떼처럼 흩어져 뛰고 있는 자들 중엔 그녀의 옆을 스쳐 지나가는 이도 있었다. 그러나 그들 중 그녀에게 총을 겨누는 자는 없었다.

그 와중에도 총소리는 계속 났고, 죽는 자들의 행렬도 이어졌다. 다들 제 한 몸 챙기기에도 바쁜 것이다.

친위군은 아디마의 부대 내에서도 군기가 잘 잡혀 있다고 알려져 있는 정예였다. 하지만 그가 제거되자 친위군은 오합지졸이 되었다.

그녀는 친위군의 행동이 이해가 가면서도 같은 군인으로서 경멸을 느꼈다.

진정한 군인은 아무리 공포스러운 상황에 처하더라도 적을 두고 도주해서는 안 된다는 것이 그녀의 신념이었다.

하지만 그녀는 저들이 제대로 된 군인이 아닌 게 얼마나 다행스러운 일인지도 잘 알고 있었다.

그 때문에 죽는 게 당연한 자리에서 살아날 가능성이 생겼으니까.

물컹!

정신없이 달리던 그녀는 발에 무언가 밟히는 느낌에 아래를 내려다보았다.

그녀가 밟은 건 뒤통수에서 피를 흘리며 죽은 자의 손이었다. 그자는 다른 손에 총을 굳게 쥐고 있었다.

그자를 뒤에 두고 앞으로 달려가는 그녀의 안색은 많이 변해 있었다.

그녀도 친위군들이 '팬텀'의 총에 죽어가는 것을 보았다. 그들을 죽음으로 몰아넣은 건 뒤통수에 난 총상이었다.

그녀가 밟은 자도 동일한 모습으로 죽어 있었다. 그건 '팬텀'이 그녀의 한 발 앞에서 위험을 제거해 주고 있음을 말해주는 것이었다.

'대체 누구?'

미친 듯이 달리는 와중에도 의혹이 꼬리를 물고 일어나 머리를 어지럽혔다.

어느새 친위군과 교전하던 장소를 벗어났다는 걸 깨달은 그녀는 달리기를 멈추고 앞에 있는 건물의 그늘에 몸을 숨겼다.

교전 지역 외의 장소에 있던 자들은 아직 상황을 정확하게 파악하지 못했다.

최초의 총격전에서부터 지금까지 흐른 시간은 많게 잡아도 20분이 넘지 않았다.

그래서 외부의 병사들은 불안해하며 흐트러지긴 했어도 친위군처럼 커다란 혼란에는 빠지지 않을 수 있었다.

그건 여인에게 전혀 유리할 게 없는 상황이었다.

그녀는 총을 고쳐 잡으며 조심스럽게 전진했다.

곳곳에 세워진 경비 초소도 건재했고, 2인 1조로 이루어진 순찰조도 여전히 근무 중이었다.

그러나 겉모습만 전과 같을 뿐 그들의 경계 상태는 들어올 때에 비한다면 확연하게 허술해져 있었다.

그들은 아디마의 건물이 있는 쪽을 보며 동료와 작은 음성으로 얘기를 나누는데 열중해 있었다.

팀이 잠입할 때처럼 주변을 삼엄하게 경계하는 자는

보이지 않았다.

'그나마 다행이구나.'

한눈에 병사들의 심리 상태를 파악한 여인은 속으로 안도의 한숨을 내쉬었다.

뒤를 받쳐 주는 팀원이 없는 상태에서 그녀 혼자 적진을 돌파해야 했다.

그녀는 스스로에 대한 자신감과 자부심이 남다른 여인이었다. 그러나 적의 작은 허점에 감사하고 싶을 만큼 그녀가 처한 상황은 절박했다.

그늘에 몸을 감추고 30미터가량을 전진한 그녀가 쪼그리고 앉아 전방을 살펴보고 있을 때였다.

뒤쪽에서 누군가가 그녀의 오른쪽 어깨를 꽉 움켜잡았다.

최고의 긴장 상태를 유지하고 있었음에도 접근하는 기척을 전혀 느끼지 못한 여인은 심장이 내려앉을 정도로 놀랐다.

그녀는 총구를 뒤로 향하며 어깨를 비틀어 빠져나가려 했다. 그러나 그녀의 의도는 하나도 이루어지지 않았다.

그녀는 단 1센티미터도 움직일 수 없었다.

그녀의 어깨를 잡은 손은 강철로 만든 집게 같았다.

믿어지지 않게도 그것은 그녀의 전신 움직임을 완벽하게 정지시켰다.

"내 말을 알아들을 수 있다면 고개만 끄덕이시오."

남자의 굵고 낮은 음성이 그녀의 귀를 파고들었다.

그녀는 고개를 끄덕였다.

남자가 사용하는 언어는 십대를 영국의 남부해안도시인 브라이튼에서 보낸 그녀에게 모국어나 다름없는 영어였다.

아쉽게도 남자가 사용하는 영어의 악센트는 미국식이었지만.

"나는 적이 아니오. 소란 피우지 마시오."

"YES."

그녀의 대답과 동시에 어깨를 잡은 손이 떠났다.

그녀는 천천히 고개를 돌려 뒤를 돌아보았다.

훤칠한 키에 단단한 체격의 동양인 남자가 그녀를 내려다보고 있었다.

물론 그는 이혁이었다.

검은 피부와 달리 사파이어 블루를 연상시키는 여인의 푸른 눈에는 놀람의 빛이 떠올랐다.

"당신은!"

이혁은 여인의 반응에서 역시 그녀가 아디마의 거처에 있는 자신을 보았다는 것을 알 수 있었다.

"살고 싶으면 내 뒤를 따르시오."

그는 짧게 한마디만을 하고 즉시 움직였다.

여인도 질문을 하지 않았다.

그녀는 자신의 앞에 있는 남자가 얼마나 특별한 능력을 가진 사람인지를 이미 두 눈으로 본 후였다.

그런 최고의 전투 능력을 가진 남자가 위험을 무릅쓰고 탈출을 돕겠다는데 이것저것 따질 이유가 없었다.

그녀는 입을 꾹 다물고 이혁의 뒤를 따랐다.

남자의 정체, 자신을 돕는 이유.

머리가 터질 것 같았다. 그렇지만 살아남아야 궁금증도 풀 수 있는 법이다.

철조망과 가까워질수록 여인의 마음은 이혁에 대한 경이로움으로 가득 차올랐다.

앞서 가는 이혁은 그녀가 상상 속에서나 생각해 보았던 절대적인 전투 능력을 보여주었다.

그녀의 눈에 이혁은 어둠의 보호를 받는 것을 넘어 그것을 지배하는 것 같았다.

코앞에서 움직이고 있었지만 아무리 귀를 기울여도 그

의 발걸음 소리는 들리지 않았다.

존재감도 느껴지지 않았다. 분명 앞에 있는데도 그는 어둠과 구분이 되지 않았다. 마치 유령이 걸어가고 있는 듯했다.

그는 충돌이 불필요한 지역은 적의 이목을 완벽하게 피하며 이동했다.

하지만 노출을 피할 수 없는 지점에서는 적이 무언가를 느끼기도 전에 그들을 제거했다.

어느 누구도 그의 접근을 알아차리지 못했다.

그가 어떤 무기를 사용하는지도 알 수 없었다.

주로 맨손을 사용했지만 가끔 그의 손끝에서 무기로 짐작되는 반투명한 붉은빛이 번뜩이곤 했다.

그것은 여지없이 적들의 목이나 심장에 꽂혔다. 하지만 그 무기가 어떤 종류의 것인지는 알 수 없었다.

그녀의 눈에 보이는 이혁은 계속 빈손이었으니까.

전진하던 이혁이 발을 멈췄다. 부대의 외곽 경계선인 철조망과 불과 백여 미터밖에 떨어지지 않은 지점이었다.

이혁은 눈살을 찌푸린 채 하늘을 올려다보았다.

'곤란하군.'

투투투투투투투—

프로펠러 소리와 더불어 두 대의 헬기가 그들의 머리 위로 날아왔다. 러시아산 MI-24 하인드였다.

하인드는 오십여 미터 상공에 머물며 바닥에 장치된 서치라이트로 두 사람과 철조망 사이의 공간을 샅샅이 훑어댔다.

이혁과 여인은 서치를 피해 건물의 구석으로 이동했다.

이혁은 쉽게 움직이지 못했다. 그 혼자라면 아무런 문제가 없었다.

그러나 여인은 헬기의 서치를 피하지 못할 것이다. 그 이후 벌어질 일이야 말할 필요도 없는 것이고.

'혼란이 수습된 건가? 누군가 지휘봉을 잡은 게 아니라면 이런 빠른 대응이 나오지 않을 텐데……'

그와 여인이 지나온 길에 남겨진 흔적에 대한 보고가 상부로 올라갔고, 지휘권을 잡은 자가 즉시 헬기를 보내 흔적이 남은 길을 조사하라고 했을 터였다.

그리고 조만간 이곳으로 무장한 군인들이 몰려들 것도 뻔했다.

상황 판단이 빠른 자였다.

그와 함께 헬기를 보던 여인이 그의 속내를 짐작한 듯

입을 열었다.

"아디마의 정보와 작전을 총괄하는 참모 파렐 쿤투투 대령일 겁니다. 성격이 뱀처럼 차갑다고 알려진 자죠. 그래서 따르는 사람은 적지만 머리가 굉장히 좋고 군사적 재능도 뛰어나서 아디마가 총애하던 인물입니다. 죽지 않은 모양입니다."

누가 군인아니랄까 봐 여인의 어투는 각이 날카롭게 져 있었다.

이혁은 눈살을 찌푸렸다.

되돌아가서 파렐이라는 자를 제거하고 올 수도 없는 노릇이었다.

그는 헬기를 노려보았다. 그리고 여인이 들고 있는 총에 시선을 주었다. 그가 손을 내밀며 말했다.

"주시오."

여인은 얼떨떨한 얼굴로 총을 그에게 건넸다.

"이걸로 헬기에 타격을 줄 수는 없어요. 저건 민간 헬기가 아니에요. 유리창도 방탄이고 몸체에는 방탄 장갑을 덕지덕지 두른 전투용 헬기라고요."

"그래도 해봐야지. 멀건이 있다고 뾰족한 수가 생기는 것도 아니잖소."

이혁은 싱긋 웃으며 소총의 개머리판을 어깨에 가져다 댔다.

총은 러시아제 AK-12였다.

AK-12는 러시아가 21세기 들어 만들어낸 훌륭한 성능의 총이긴 했다.

그러나 이걸로 하인드를 잡으려 하는 자가 있다는 소리를 들으면 군지식이 조금이라도 있는 사람은 어처구니가 없어 웃지도 못할 것이다.

한국을 떠난 후로 온갖 경험을 한 이혁도 소총으로 전투용 헬기를 잡아본 경험은 없었다.

'총알에 천강귀원과 폭뢰경혼추의 경력을 담아보자.'

생각은 그렇게 하면서도 효과가 있을 것이라고 자신하지 못했다.

그는 암기에 경력을 담아 꽤 먼 곳까지 날려 보낼 수 있다. 그리고 암기는 그와 기운이 연결되어 있는 한 조종이 가능했다.

아디마의 거처에서 돌을 던져 벽면과 충돌할 때 폭발시킬 수 있던 것도 그가 돌 내부의 경력을 조절해 타이밍을 맞출 수 있었기 때문이다.

하지만 그건 날아가는 돌의 속도를 그가 감당할 수 있

었기에 가능했다.

총알은 달랐다.

그의 내기와 총알에 담은 경력이 계속 이어져 있을 수 있는가에 대해서 그는 확신을 갖지 못했다.

그러기에는 총알의 속도가 너무 빨랐다.

총의 종류에 따라 미세한 차이가 있긴 해도 총알이 총구를 벗어나는 속도는 평균 마하3에 육박한다.

'실험을 좀 해둘 걸. 실패하면 난감한데…….'

그는 속으로 투덜거리며 총구를 헬기로 향했다.

그때였다.

철조망 너머 멀리서 눈부신 순백의 빛기둥이 무서운 속도로 날아와 하인드의 측면을 강타했다.

빛은 미사일의 형상을 하고 있었다.

콰쾅!

벼락이 치는 듯한 소리와 함께 하인드의 프로펠러가 날아가고, 측면 외부 장갑이 절반 넘게 우그러졌다.

그것으로 그친 게 아니었다. 하인드는 허공에서 몇 미터를 섬광의 반대편으로 밀려났다.

안에 타고 있는 자들에게는 다행스럽게도 백색 섬광은 장착한 폭탄류를 건드리지 않은 듯 폭발은 없었다.

그러나 동체의 절반이 파괴된 채로 비행을 계속할 수 있는 헬기는 지구상에 존재하지 않는다.

두 대의 헬기는 속절없이 빙글빙글 돌며 추락하기 시작했다.

"저게 대체……?"

이혁의 옆에 있던 여인은 벌린 입을 다물지 못했다.

그녀가 잘못 본 것이 아니라면 헬기에 날아든 건 분명 빛의 덩어리였다. 어떤 종류의 휴대용 지대공 미사일도 아니었다.

'내가 꿈을 꾸고 있는…….'

여인이 멍해진 것과 달리 이혁은 인상을 찡그리며 소총을 내렸다.

성스럽게까지 여겨지던 백색 섬광은 누가 이 자리에 나타났는지를 적나라하게 말해주고 있었다.

"레나……."

그는 쓰게 웃었다.

"방해하지 않은 건 맞군."

그는 독백하듯 중얼거리며 여인에게 눈짓을 했다.

두 사람은 철조망을 향해 전력으로 질주했다. 그들 뒤로 육중한 군화 소리가 들려왔다. 군인들이 몰려오고 있었다.

철조망 앞에 도착한 이혁은 오른팔로 여인의 허리를 휘감고 발을 굴렀다.

두 사람의 신형이 한 덩이 구름처럼 철조망을 뛰어넘었다. 착지한 그는 여인을 풀어주고 다시 달렸다.

지금까지 이혁의 동료로 전투를 치룬 사람이라면 누구나 그러했듯이 여인은 더 이상 놀라지 않았다. 그저 묵묵히 이혁의 뒤를 따라 뛸 뿐이었다.

앞으로 백여 미터를 달려갔을 때 이혁은 만나리라 짐작했던 사람을 볼 수 있었다.

천장이 없는 오프로드용 레인지로버에 탄 레나가 그를 보며 손짓을 하고 있었다.

편해 보이는 청바지에 짙은 감색의 실크 블라우스를 입은 그녀는 산책이라도 나온 듯 한가로운 자태로 운전석에 앉아 있었다.

이혁은 본 그녀는 생글생글 웃으며 창턱에 팔을 올렸다.

"켄, 많이 바빠 보이는 걸!"

이혁은 눈살을 찌푸리며 중얼거렸다.

"돌아가자마자 제라드와 개인적인 대화를 좀 나누어야

할 것 같군. 몇 년이 지났는데도 전혀 나아지는 게 없어."

레나가 장난스럽게 윙크를 했다.

"아직도 포기하지 않은 거야? 그동안 켄이 제라드와 개인적인 대화를 나누는 걸 본 게… 음……."

그녀는 속으로 숫자를 세는 듯한 표정을 지으며 말을 이었다.

"내 기억에는 열 번도 넘는 거 같은데?"

"쩝……."

이혁은 대꾸를 하지 못하고 입맛만 다셨다. 레나의 말은 틀린 게 없었다. 그러니 할 말이 생각나지 않는 것이다.

'레나와의 첫 만남이 제라드의 무의식 깊은 곳에 트라우마로 남아 있는 게 틀림없어. 이번에 돌아가면 정신과 치료부터 받게 해야겠다.'

제라드는 그의 말이라면 망설이지 않고 사지로 걸어 들어갈 만큼 충성스럽고 믿음직한 친구였다.

그리고 '푸우'를 연상시키는 동글동글하고 부드러운 외모와는 달리 그는 외유내강한 데다 겁이 없었다. 그런데 신기하게도 레나만은 엄청나게 무서워했다.

제7장

이혁은 레나의 옆자리에 올라탔다. 여인도 뒷자리에
뛰어올라 탔다.

부아아아아앙―

거친 엔진음과 함께 차가 출발했다.

땅이 울릴 정도로 차량과 군화 소리가 가까워지고 있
었다. 아디마의 부대원들이 그들을 찾고 있는 것이다.

레나는 이십여 분 동안 앞만 보며 차를 몰았다. 그녀
가 택한 도로는 부대와 연결된 포장도로가 아닌 숲 속으
로 나 있는 좁은 비포장도로였다.

지면은 요철이 심했고, 구덩이도 흔했다. 더구나 하늘

에 구름이 많아서 별도 거의 없는 깊은 밤이었다.

운전대를 잡은 레나는 진지한 표정으로 운전에 집중했다.

그녀는 평범한 사람이라면 꿈도 꾸지 못할 정도로 무서운 힘을 사용할 수 있는 특수 능력자다.

그러나 그건 전투 능력일 뿐 시력은 보통 사람보다 조금 나은 정도에 불과했다. 이혁처럼 어둠을 꿰뚫어 볼 능력은 없었다.

집중하지 않으면 차가 전복될 수도 있는 것이다.

좌우로 낮은 언덕들이 쉴 새 없이 지나갔다. 그리고 야산 지대를 벗어나자 황량한 벌판이 나타났다.

덜컹덜컹.

들썩들썩.

세 사람의 몸은 고무공처럼 통통 튀었다. 지나온 길보다는 지면 상황은 나아졌지만 구덩이만 없을 뿐 요철은 여전했다.

운전대를 잡고 정면을 응시하던 레나가 브레이크를 밟았다.

이십여 분 동안 달려온 거리는 10킬로미터에 달했다. 이 정도면 어느 정도의 시간은 번 셈이었다.

시선을 뒤로 돌린 레나가 뒷좌석의 여인을 눈짓으로 가리키며 이혁에게 물었다.

"누구야?"

이혁은 고개를 가로저었다.

"몰라."

레나는 여인에게 궁금함이 가득 담긴 눈빛을 던졌다. 정체를 말해달라는 무언의 압박이었지만 여인은 그것을 간단하게 무시했다.

그녀가 이곳에 온 건 정부에서도 최고수뇌부 몇 명만 아는 특급 비밀이었다.

눈앞에 있는 남녀는 초인적인 능력으로 자신을 구해준 생명의 은인이긴 했다.

그러나 그들의 정체는 물론이고 적인지 아군인지조차 확실하게 밝혀지지 않은 상태. 그런 사람들에게 자신을 소개한다는 건 위험부담이 너무 컸다.

여인이 이혁과 레나를 향해 말했다.

"사정이 있어 나에 대해 얘기하지 못하는 걸 이해해 주십시오. 당신들도 내게 정체를 밝히진 않겠죠."

그녀는 이혁에게 시선을 고정시키고 말을 이었다.

"구해주어서 고맙습니다. 이 신세는 나중에 반드시 갚

겠습니다."

처음 보았을 때와 동일한 절도 있는 움직임과 속을 알기 어려운 얼굴이었다. 그러나 여인의 눈빛은 그녀의 말이 진심이라는 것을 말해주고 있었다.

이혁은 눈살을 찌푸렸다.

임무를 완수한 여인이 그와 함께 있을 이유는 없었다. 하지만 그는 여인에게 꼭 알아내야 하는 게 있었다.

그가 말했다.

"나중에 갚지 말고 지금 갚았으면 좋겠소."

여인은 멍해졌다.

그녀는 이런 식으로 말을 받는 사람을 만나본 경험이 없었다.

이혁이 계속 말을 이었다.

"별거 아니요. 나를 어떻게 볼 수 있던 거요?"

뜬금없는 질문이었지만 여인은 이혁이 무엇에 대해 묻고 있는지 단숨에 알아들었다.

"아……."

낮게 탄성을 토하는 여인의 눈매가 파르르 떨렸다.

그녀가 말했다.

"얘기가 길어요. 이곳에서는 할 수 없을 것 같군요.

다시 만난다면 그때 얘기해 드리죠."

여인은 완곡하지만 말해줄 수 없다고 얘기하고 있었다. 그러나 여인은 이혁을 잘못 보았다.

그는 말 한 마디에 등을 돌릴 남자가 아니었다. 그가 궁금해 하는 것도 간단한 것이 아니었고.

그는 싱긋 웃으며 말했다.

"그럼 장소를 옮깁시다. 여기 더 있을 수도 없으니까."

여인과 이혁의 이야기에 귀를 기울이고 있던 레나의 얼굴에 어리둥절한 기색이 떠올랐다.

레나가 물었다.

"켄, 무슨 소리야?"

"초청하지 않은 손님이 오고 있다."

차의 뒤쪽으로 고개를 돌리며 말을 하는 이혁의 어조는 선뜻하리만큼 차가웠다.

말뜻을 알아들은 레나의 안색이 살짝 변했다.

"뭐?"

이혁과 비교할 수는 없어도 그녀의 감각 또한 보통 사람의 그것과는 차원이 달랐다. 그런 그녀가 알아차리지 못한 불청객이라면 보통 사람일 리가 없었다.

레나는 액셀에 발을 올려놓았다.

부아아아아앙!

격렬한 엔진 소리와 함께 차가 앞으로 총알처럼 튀어나갔다. 하지만 차는 5미터도 전진하지 못했다.

차는 갑자기 철벽이라도 들이받은 것처럼 정지하며 뒤가 번쩍 들렸다.

쾅! 콰르르!

허공에서 한 바퀴 회전한 차는 누가 패대기친 것처럼 사정없이 땅에 처박혔다. 그리고 무서운 기세로 폭발했다.

콰아앙!

레나는 십여 미터 떨어진 곳에서 무릎의 흙을 털며 아름다운 얼굴에 잔뜩 인상을 썼다. 그녀의 옆에는 여인을 안고 있는 이혁이 우뚝 서 있었다.

그는 품에 안고 있던 여인을 내려놓았다.

여인은 긴장한 얼굴로 소총을 거머쥐며 입술을 질끈 물었다.

벌어지는 일들마다 상식을 벗어난 것들이어서 정신이 없었다. 그러나 그녀는 어떤 상황에서라도 흔들리지 않고 임무를 수행하도록 훈련받은 최정예 군인이었다.

총을 쥔 그녀는 날카로운 눈으로 사방을 훑었다. 의미 없는 일이라 할지라도 자신이 할 수 있는 최선을 다하고자 하는 것이다.

레나와 이혁은 말없이 십여 미터 떨어진 곳을 주시했다.

그들의 시선을 받은 청년이 과장되게 양 손바닥을 펴며 어깨를 으쓱했다.

그가 활기찬 목소리로 말했다.

"이거 정말 뜻밖이로군그래. 제노사이더와 홀리나이트 레나의 조합이라. 둘이 평범한 관계가 아니라는 얘기를 들으면 관심을 가질 사람이 아주 많을 거 같은데."

이십대 중반쯤의 청년은 앞이 활짝 열린 소매 없는 검은 티와 회색의 카고 반바지를 입고 펑크스타일의 금발 머리를 하고 있었다.

이곳과는 전혀 어울리지 않는 복장과 외모의 소유자였다.

레나가 말을 받았다.

"핀, 그건 내가 해야 할 말이지 않을까? 쿠데타로 나이지리아 정부를 전복하려 했던 아디마의 배후에 무스펠하임이 있다고 하면……."

그녀는 살짝 눈웃음을 치며 말꼬리를 흐렸다.

핀이라 불린 청년도 그녀를 보며 웃었다. 가지런한 흰 이가 절반 이상 드러나는 웃음에서 젊은이다운 싱그러움 과 활력이 느껴졌다.

레나와 청년은 서로를 잘 알고 있는 듯했다.

모르는 사람이 본다면 사이좋은 친구로 오해할지도 모를 만큼 서로를 향한 그들의 얼굴은 밝고 부드러웠다. 그러나 그들이 나누는 말의 내용은 그렇지 않았다.

날이 잔뜩 서 있는 것이다.

둘의 대화를 들으며 이혁은 혀를 찼다. 레나는 아디마와 그가 무엇을 하려 했는지도 알고 있다.

아마도 제이슨에게서 들었을 것이다. 그렇다면 제이슨도 그가 이곳에 있다는 것을 알고 있다고 봐야 했다.

최근 수년 동안 레나가 제이슨에게 무언가를 먼저 물어보는 경우는 이혁이 관련된 것들뿐이었으니까.

그는 핀이라는 청년을 보며 생각에 잠겼다.

무스펠하임이라는 명칭을 이 자리에서 들을 거라고 생각하지는 않았지만 낯설지는 않았다.

그가 한국을 떠난 후 수련만 하며 세월을 보낸 건 아니었으니까.

그때였다.

청년을 보며 생각에 잠긴 듯하던 이혁이 레나의 앞을 가리듯 나서며 불쑥 오른손을 쭉 뻗었다.

그 속도는 믿을 수 없을 정도로 빨라서 순간적으로 그의 팔꿈치 아랫부분이 사라진 것처럼 보일 정도였다.

그의 전면 허공에 반투명한 홍광이 번뜩였다.

쨍―

고막을 울리는 날카로운 쇳소리가 벌판에 울려 퍼졌다.

소리의 여운이 사라지기도 전에 이혁이 다시 움직였다. 그는 슬쩍 뛰어오르며 오른 무릎으로 위를 올려 찼다.

그리고 공중에 뜬 상태로 두 팔꿈치로 번갈아 전면을 찍었다.

쐐애애액―

그의 팔다리가 움직이며 공기가 찢어지는 듯한 파열음이 났다.

단순한 그 움직임에는 무시무시한 힘과 보통 사람의 눈으로는 볼 수 없는 빠름이 실려 있었다.

퍼퍼퍽!

"크윽!"

아무것도 없는 듯했던 이혁의 앞쪽 허공에서 연이은 타격음과 낮은 신음 소리가 동시에 났다.

그리고 붉은 머리카락을 제외하고는 전신을 검은빛 일색으로 두른 그림자가 모습을 드러내더니 정신없이 뒤로 백덤블링을 하며 물러났다.

그림자는 타이즈를 입고 있는 여자였다. 그녀는 고양이처럼 끝이 올라간 커다란 눈과 군살이라고는 눈을 씻고 찾아보아도 없는 멋진 몸매의 소유자였다.

백덤블링으로 청년의 옆에 도착한 그녀는 레나를 보며 차갑게 웃었다.

그녀가 터질 듯 도톰한 붉은 입술을 열었다.

"레나, 오랜만이야."

레나는 이미 예상하고 있었다는 듯 놀라는 기색 없이 고개를 끄덕였다.

"역시 알리나였군. 3년만인가… 그래도 반갑지는 않네."

알리나는 레나를 한 번 노려보고는 시선을 아래로 내렸다.

그녀의 손에 들린 1미터 길이의 일본도의 날은 곳곳이

움푹 파여 있었다. 이혁과의 충돌로 생긴 흔적이었다.

알리나는 애검을 생명처럼 아꼈다.

그녀가 이혁을 향해 이를 갈며 소리쳤다.

"개자식! 죽여 버릴 거야!"

이혁은 알리나의 시선을 덤덤하게 받아 넘기며 피식 웃었다.

"그전에 어떻게 내 손에서 벗어날 것인지부터 고민해 봐. 나는 지금 너희들을 죽여서 입을 막을 생각이거든."

친구에게 말을 걸기라도 하는 것처럼 평이한 어조였다. 그러나 그가 입술을 닫았을 때 주변 분위기는 한겨울 빙판처럼 얼어붙었다.

정체를 알 수 없는 무언가가 사람들의 마음을 파고들고 있었다.

이혁이 살기를 일으킨 것이다.

핀과 알리나는 자신도 모르게 소름이 등골을 타고 흘러내리는 것을 느꼈다. 다양한 형태의 전투에서 수많은 적과 싸운 그들로서도 처음 겪는 일이었다.

그들의 안색이 돌처럼 딱딱해졌다.

'제노사이더……'

그들은 그제야 그 이름이 대량 학살자를 의미한다는

것에 생각이 미쳤다.

　이번 임무를 전달 받았을 때 상대해야 할 적이 '제노사이더' 라 불리는 청부업자라는 것도 들었다. 낯설지 않은 이름이었다.

　제노사이더는 그 계통에서 톱클래스에 속하는 자였기 때문이다. 하지만 그들은 별 걱정을 하지 않았다.

　이름이 제아무리 거창해도 일개 청부업자가 그들을 상대하는 건 불가능했다.

　그들은 사람의 능력을 벗어난 힘을 사용할 수 있는, 진정한 초인이었기 때문이다. 그런데 지금 그들은 확고했던 자신감이 흔들리고 있었다.

　처음에는 제노사이더의 옆에 있는 홀리나이트 레나의 존재가 의문부호를 던져 주었다. 레나는 '독수리의 발톱' 멤버 중에서도 외부에 알려진 몇 안 되는 강자였다.

　그다음은 알리나의 공격을 막아내는 제노사이더의 전투력이 그들에게 충격을 주었다.

　알리나의 암습 능력은 조직 내에서 수위를 다투는 것이었고, 실패한 적이 없었던 것이다.

　그리고 이제는 유형화된 살기로 그들의 전신에 소름을 돋게 만들고 있었다.

레나는 망설임 없이 뒤로 물러났다.

아직까지 이름을 밝히지 않아 나이지리아 여군(?)이라고 부를 수밖에 없는 여인의 손을 잡은 채였다.

이혁의 등을 보며 레나는 정신을 집중했다.

그녀가 지닌 능력은 백병전에서는 크게 빛을 보지 못했다.

전면에 나설 수도 없었다.

그녀는 치유와 파괴력에 있어서는 '독수리의 발톱' 내에서도 독보적이라 할 수 있는 능력자였다. 하지만 육체 본연의 능력은 평범함을 벗어나지 못했다.

그 평범함 속에는 보잘것없는 몸빵(?)과 회피 능력도 포함되어 있었다.

그래서 본격적인 전투가 시작되는 전장에서 그녀의 자리는 언제나 후방이었다. 그리고 다른 팀원들은 그녀의 안전을 최우선 순위에 두고 전투에 임했다.

안전이 확보된 상태의 후방에서 발휘되는 그녀의 능력은 '공포' 그 자체였다. 그 일면을 보여준 것이 20분 전, 이혁과 여인이 탈출할 때의 헬기 요격이었고.

알리나가 레나를 먼저 제거하려 한 것도 그것을 알고 있었기 때문이다.

오늘 조직은 팀을 두 개로 나누어 제노사이더를 요격하게 했다.

제1팀은 아디마의 경호 임무를 겸해야 해서 부대 안에 있었다. 그리고 2팀인 그들은 밖에서 대기하며 1팀이 실패했을 경우를 대비했다.

그러다가 이혁과 여인을 태우고 정신없이 질주하는 레나의 차량을 발견하고 따라온 것이다.

등 뒤에 있는 레나의 움직임을 눈으로 보는 것처럼 느끼고 있던 이혁은 속으로 혀를 찼다.

몇 년 동안 여러 가지 일을 함께 겪었기에 레나는 이제 그의 성격을 잘 알고 있었다.

당연히 그가 결코 다른 사람의 지원을 원치 않는다는 것도 잘 알았다. 그럼에도 그녀는 절대로 후방 지원의 역할을 포기하려 하지 않았다.

그가 원하는 것은 무엇이든 하는 레나였지만 결코 양보하지 않는 것도 있었다.

벌써 수년째 이어지고 있는 일이라 이혁은 신경을 껐다.

감정이 담겨 있지 않은, 무심하게 가라앉은 그의 두 눈이 핀과 알리나를 향했다.

전장에서는 동료를 지키고 적을 죽이면 된다.

그것이 그가 믿는 자신의 역할이었다.

그는 핀과 알리나가 어떤 능력이 있는지 이미 파악했다.

어려운 일이 아니었다.

이미 그들로부터 두 번의 공격을 받은 뒤였다. 그럼에도 상대를 파악하지 못한다면 어떻게 암왕사신류의 당대 전승자라 할 수 있겠는가.

그는 고대로부터 전승되어 온 무예를 익혀 그 능력이 초인적인 경지에 오른 사람이었다.

하지만 핀과 알리나는 그런 무예를 익혀 초인의 경지에 이른 자들이 아니었다.

그들은 선천적으로 타고난, 사람들이 초능력이라 부르는 힘을 후천적 훈련을 통해 강화시켜 지금의 힘을 얻은 경우였다.

이혁이 파악한 핀의 능력은 사이코키네시스(Psychokinesis:염동력) 계열이었다.

핀은 이혁 일행이 타고 있던 레인지로버를 전복시키는 데 능력을 썼다.

그의 염동력은 식은땀을 뻘뻘 흘리며 몇 분 동안 노려

본 후에야 숟가락을 구부리고 동전을 들어 올리는, 그런 연출된 장난이 아닌 것이다.

알리나의 능력은 신체의 각 부분이나 기능을 순간적으로 강화하는 계열에 속하는 듯했다.

이혁은 알리나가 레나의 바로 옆에 도착할 때까지 그녀를 감지하지 못했다. 그것이 가능했던 건 그녀가 찰나 지간 음속에 가까운 속도로 움직였기 때문이었다.

그녀가 이혁의 환상혈조를 막아낼 수 있었던 건 속도에 쏟았던 능력을 힘의 강화로 돌렸던 덕분이고.

이어진 알리나의 움직임을 보면 신체 강화의 지속 시간이 긴 것 같지는 않았다.

하지만 아무리 지속 시간이 짧아도 강화된 신체 능력이 전환되는 속도를 생각하면 충분히 위협적이었다. 레나도 이혁이 아니었다면 죽었을 것이다.

그녀와 비슷한 계열의 능력자이거나 이혁과 같은 무예의 초강고수가 아니라면 알아도 상대할 수 없는 능력이었다.

이혁은 천천히 주먹을 거머쥐었다.

그는 상대가 고수일 경우, 이렇게 정면 승부 하는 걸 좋아하지 않았다.

암왕사신류는 가공할 위력의 전투 기법인 무영경 이십사절과 혈우팔법을 보유하고 있었다.

그래도 본질은 암살이 주된 살수 계열의 문파임을 부정할 수 없었다. 모든 무예도 암살에 특화되어 있었다.

그것을 이어받은 이혁에게 정면 승부는 최대한 지양해야 하는 비효율적인 전투 방법이었다.

은신이 불필요한 약자라면 오히려 정면 승부가 나았다. 그러나 상대가 저런 초상능력자들이라면 얘기가 달랐다.

그는 초상능력자와 목숨을 걸고 싸워 본 경험이 없었다. 그래서 실제 전투에서 저들의 능력이 어떤 형태로 발현될 것인지 상상밖에 할 수 없었다.

저들과의 정면 승부는 쉽게 갈 수 있는 길을 아주 멀리 돌아가는 정말로 쓸데없이 수고로운 짓인 것이다.

하지만 피하지 못할 상황이었다.

가라앉아 있던 그의 눈 깊은 곳에서 무서운 살기가 음울한 안개처럼 고이며 서서히 위로 올라왔다.

서로의 능력을 생각하면 단시간 내에 승부가 갈릴 수밖에 없는 유형의 싸움이었다.

집중력이 흐트러지는 쪽이 패할 것이다.

이혁과 핀의 눈이 허공의 한 점에서 만났다.

먼저 움직인 건 핀이었다. 하지만 그의 움직임은 몸으로 나타나지 않았다. 그는 그저 이혁을 뚫어져라 노려보고 있을 뿐이었다.

하지만 이혁은 뱀 같기도 하고 채찍 같기도 한 여러 갈래의 기운이 자신의 가슴으로 쭉 뻗어오는 것을 느낄 수 있었다.

눈에 보이지도 않았고, 전방의 공기 흐름도 바뀌지 않았다. 하지만 그의 심상엔 기운의 형상이 선명하게 잡혔다.

느끼는 순간 이미 가슴에 닿을 정도로 빠르게 접근한 기운들은 그의 심장을 향해 일직선으로 날아들고 있었다.

이혁은 움켜쥔 주먹을 들어 올렸다. 주변 공기가 와락 일그러졌다. 그리고 소용돌이를 이루며 주변의 기운을 급격하게 끌어당겼다.

핀의 얼굴에 당황한 기색이 떠올랐다. 그의 염동력이 의지를 벗어나 소용돌이에 휩쓸리려 하고 있었다.

이를 악문 그의 이마에 굵은 땀이 송골송골 맺혔다.

'뭐냐, 이건!'

그가 어떻게 알 수 있으랴.

이혁이 혈우팔법의 하나인 흡룡와류폭의 제일초 흡룡

와의 수법으로 그가 펼친 염동력의 궤적을 뒤틀고 있다는 것을.

이혁의 입 끝이 보일 듯 말 듯 비틀렸다.

'역시 되는군. 그렇다면…….'

이혁은 한걸음 앞으로 나서며 움켜쥔 주먹을 앞으로 불쑥 내밀었다. 한줄기 유성이 흐르듯 빠른 일격이었다.

쐐애액—

전방에서 꿈틀거리던 기운들이 절벽의 형상을 이루어 그의 주먹을 막아섰다.

이혁은 번개처럼 주먹을 거두며 상체를 비틀어 어깨로 염동력의 절벽을 거세게 들이받았다.

쾅!

아무것도 없는 허공을 들이받았는데도 커다란 북이 터지는 듯한 소리가 났다.

이혁의 앞을 막아섰던 절벽은 폭탄을 맞기라도 한 듯이 가운데가 휑하니 뚫려 있었다. 이혁은 구멍 속으로 바람처럼 뛰어들었다.

핀의 얼굴에서 핏기가 싸악 가셨다.

그의 염동력이 무너진 다음 순간, 이혁은 이미 그의 코앞에 도달하고 있었던 것이다.

그는 초상능력이 아니더라도 최상급 격투가 수준의 무술을 익힌 자였지만 이혁과는 절대로 손발을 섞고 싶지 않았다.

신체를 강화한 상태의 알리나가 휘두른 검을 맨손(?)으로 격퇴한 자였다. 그런 자와의 맨몸 격투는 자살행위였다.

염동력이 발동되는 속도는 생각의 속도와 같을 것이라는 게 그 분야를 연구한 사람들의 추측이었다.

그러나 실제로는 염동력자들이 '지연시간'이라고 부르는 미세한 시간차가 존재했다. 그 차이는 개인의 재능과 도달한 수준에 따라 달라졌다.

핀의 지연시간은 0.2초였다.

핀은 전력을 다해 또 하나의 벽을 생성했다. 그리고 뒤로 몸을 날렸다.

그러나 그는 이혁이 알리나의 공격을 막아낼 수 있을 정도로 빠르게 움직일 수 있는 인물이라는 걸 간과했다.

염동력의 벽이 완전한 형태를 갖추기도 전에 이혁은 몸 전체로 그것을 들이받아 부숴 버렸다. 그리고 핀의 관자놀이를 향해 주먹을 휘둘렀다.

쑤와와아앙—

주먹이 도달하지도 않았는데 풍압이 핀의 뺨을 짓눌러 일그러뜨렸다.

싸움의 진행 속도는 상상을 초월할 정도로 빨랐다. 이혁과 눈이 마주친 다음 순간 핀은 뒤로 물러서고 있었으니까.

갑자기 코앞에 나타나 핀을 향해 주먹질하는 이혁을 보고 얼떨떨한 표정을 짓고 있던 알리나가 입술을 꽉 깨물며 그의 옆구리를 향해 가공할 속도로 검을 찔러 넣었다.

스팟!

빠르고 정확한 검격.

알리나는 이혁이 죽기 싫어서라도 뒤로 물러날 것이라 생각했다. 그렇게 생각했기에 흙빛으로 변했던 핀의 얼굴에도 안도의 기색이 떠올랐다.

이혁의 눈이 스산한 빛을 발했다.

적의 의도대로 움직이는 건 패하는 지름길이다.

적들은 아직 그가 어떤 사람인지 모르고 있었다.

'너희는 죽는다, 이 자리에서!'

핀과 알리나를 눈에 담는 이혁의 얼굴은 얼음처럼 차가웠다.

그는 뻗었던 주먹을 거둬들였다.

불행하게도 핀과 알리나가 예상한 대로의 움직임은 거기까지였다.

이혁이 칼을 피하긴 했다. 하지만 그건 위치를 이동한 회피가 아니었다.

몸 전체는 여전히 핀을 따라 앞으로 나아갔다.

그리고 그의 가슴 아래부터 골반 위쪽까지의 허리 부분만 마치 뼈 없는 연체동물처럼 흐물흐물해지더니 앞으로 푹 들어갔다.

이혁의 허리 부분은 활처럼 둥글게 휘었다. 사람의 뼈가 움직일 수 없는 형태였기에 이 자리에 있는 모든 사람이 멍해졌다, 레나조차도.

유가공과 축골공을 결합 발전시킨 무영경 이십사절 중의 절기, 유사비은이 펼쳐진 것이다.

알리나의 검은, 텅 빈 이혁의 허리 부분을 찔렀다.

핀은 눈가가 거무죽죽하게 변했다.

이혁의 서늘하게 빛나는 눈동자가 10센티도 떨어지지 않은 곳에 있었다. 그는 이마로 세차게 핀의 얼굴 한복판을 들이받았다.

보통 사람처럼 머리를 뒤로 젖히는 것과 같은 예비 동작이 없이 이루어진 일격이었다.

핀은 눈으로 보면서도 피할 수 없었다.

퍽!

코와 입, 이빨과 광대뼈까지 단숨에 박살난 핀은 비명조차 지르지 못했다. 그럴 틈도 없었다. 이혁의 움직임이 아직 끝나지 않았기 때문이었다.

어느새 그의 오른손은 핀의 어깨를 단단히 틀어쥐고 있었다. 그의 손아귀에 실린 힘은 무지막지해서 핀의 반신은 단숨에 마비되었다.

얼굴이 부서지는 고통과 죽음의 공포로 집중력이 깨진 상태여서 염동력으로 저항할 수도 없었다.

이혁은 저항하지 못하는 핀을 잡아당기며 번개같이 그와 자리를 바꾸었다.

그제야 핀의 입에서 처절한 비명이 터져 나왔다.

"으아아악!"

부서진 얼굴보다 더 끔찍한 고통이 그의 허리를 찾아들었다.

이혁과 바꾼 자리에서 그를 기다리고 있는 건 동료인 알리나의 검이었다.

이혁에 의해 강제로 회전될 때 검이 파고든 그의 허리는 절반이나 깔끔하게 잘려 나갔다.

핀은 피와 내장을 꾸역꾸역 쏟아내며 무너졌다.

알리나가 이번 임무에서 핀과 파트너가 된 것은 둘이 연인 사이였기 때문이었다. 둘은 한시도 떨어져 있지 못할 정도로 서로를 사랑했다.

그런 연인을 자신의 손으로 벤 것이나 다름없는 상황이 되자 알리나는 공황 상태에 빠졌다.

그 시간은 짧았지만 불행하게도 그녀가 상대하고 있는 적은 이혁이었다.

이혁과 알리나는 쓰러지는 핀을 사이에 두고 마주 보는 형태로 있었다.

그의 머리가 30센티미터 정도 아래로 내려가자 알리나와 이혁의 눈이 똑바로 마주쳤다.

질겁한 알리나는 팔에 쏟았던 강화 능력을 다리로 돌리며 미친 듯이 뒤로 물러났다. 하지만 핀을 보며 받은 충격이 그 과정을 방해했다.

결과는 참혹했다.

이혁은 핀을 뛰어넘어 알리나를 향해 쇄도했다.

쭉 뻗은 그의 손끝에서 반투명한 붉은빛이 요기 어린 빛을 발했다.

서걱!

"꺄아악!"

알리나의 입에서 단말마의 처절한 비명이 흘러나왔다. 하지만 여운은 길지 못했다, 목이 잘린 사람이 계속 비명을 지르는 건 불가능했으니까.

혈조를 거둔 이혁은 천천히 전장을 돌아보았다. 그의 눈이 묘한 빛을 발했다.

숨이 끊어진 핀은 위로 손을 뻗은 자세로 쓰러져 있었다. 그런데 뻗은 그의 손끝에 알리나의 발끝이 닿아 있었다.

이혁은 시선을 돌렸다.

세상에 사연 없는 사람이 누가 있을까.

그는 생사를 건 전장에 서 있었다. 감상은 금물이다. 그리고 수년 동안의 단련으로 그는 자신의 감정을 원하는 대로 통제할 수 있는 사람이 되어 있었다.

"내가 돕고 말고 할 것도 없네. 켄이 싸우는 방식은 정말 마음에 들지 않는다니까. 별로라고……."

뒤에서 작게 투덜거리는 레나의 목소리가 들렸다.

싸움은 1분도 걸리지 않아 끝났다.

세 사람이 움직인 속도는 그렇게 빨랐다.

이혁은 레나가 있는 곳으로 걸어갔다.

레나의 옆에서 전투를 지켜보던 여인은 창백하게 질린 얼굴로 시선을 이혁에게 두고 있었다.

그녀는 눈빛은 복잡했다.

탈출할 때도 느꼈지만 이혁은 보면 볼수록 인간 같지 않은, 보는 것만으로도 머릿속을 헝클어진 실타래처럼 만들어 버리는 사람이었다.

이혁이 그녀를 보며 입을 열었다.

"이제 우리가 자리를 옮기는 걸 방해할 사람은 없소."

공원에 산책이라도 가자는 것처럼 평이한 어조였다.

누가 그의 목소리를 듣고 방금 그처럼 무서운 전투를 벌인 사람이라고 생각할 수 있으랴.

그를 보고 있던 레나는 속으로 고개를 휘휘 저었다.

'어느 게 켄의 진짜 모습인지 아직도 잘 모르겠어……'

싸울 때와 그렇지 않을 때의 이혁은 동일인이라고 믿기 어려울 정도로 분위기가 완전히 달랐다.

여인이 부서진 차를 돌아보았다.

이혁은 싱긋 웃었다.

"나는 걸으며 이야기하는 걸 좋아하오."

그는 성큼성큼 걷기 시작했다.

레나와 여인이 그 뒤를 따랐다.

제8장

짙은 회색의 구름이 런던의 하늘을 가리며 점점 아래로 내려오는 중이었다.

　관광지와는 달리 평범한 주택들이 밀집해 있는 워플가의 골목을 떠도는 공기도 눅눅한 습기를 잔뜩 머금고 있었다.

　금방이라도 비가 쏟아질 것 같았다. 그것을 증명하듯 워플가 거리를 오가는 사람들의 손에는 하나같이 우산이 들려 있었다.

　사람들의 걸음은 빨랐다. 비가 오기 전에 목적지에 도달하고 싶은 마음에 걸음을 재촉하고 있는 것이다.

창밖으로 조금씩 왕래하는 인파가 줄어들고 있는 거리를 내려다보고 있던 반백의 중년 신사가 몸을 돌렸다.

그는 막 어딘가를 다녀온 참인 듯 먼지 한 톨 묻어 있지 않은 감색 슈트와 흰 와이셔츠를 입고 물방울무늬의 푸른 넥타이를 맨 차림이었다.

그가 얼떨떨한 기색을 숨기지 못한 채 입을 열었다.

"앨빈, 내가 잘못 들은 게 아닌가?"

언제나처럼 깔끔하고 단정한 모습으로 그의 앞에 꼿꼿이 서 있던 앨빈은 빙그레 웃으며 대답했다.

"저는 제대로 보고를 드렸습니다, 로드."

경쾌하지만 흔들림 없는 대답이었다.

"허……."

중년 신사는 탄성과도 같은 신음을 토하며 말을 이었다.

"아디마는 그들에 의해 나이지리아의 다음 권력자로 내정된 자였네. 또 그들을 위해 유전, 마약, 다이아몬드, 인신매매로 막대한 수익을 창출해 줄 수족 같은 자였다는 말일세. 그런 자를 피살당하도록 그 친구들이 내버려 두었다고?"

"내버려 두기야 했겠습니까. 그들도 나름대로 손을 썼

겠지요. 하지만 만반의 준비를 하고서도 아디마를 내줄 수밖에 없는, 그들로서도 불가항력이라 할 수 있는 적의 습격이 있었던 게 아닐까요?"

끝은 물음표로 끝났어도 앨빈의 말투에 궁금한 기색은 어려 있지 않았다.

"제노사이더……."

중년 신사는 나직한 목소리로 중얼거렸다.

앨빈은 고개를 끄덕였다.

"가능성은 그자뿐입니다."

"제노사이더가 그들의 경호를 무력화시키고 아디마를 제거할 정도의 능력을 갖고 있었다는 건가?"

"그렇지 않다면 이번 일은 설명이 되지 않습니다, 로드."

"흠……."

중년 신사는 뒷짐을 지고 천천히 응접실을 거닐었다. 그의 말과 행동 하나하나에서는 남들이 흉내 낼 수 없는 우아한 기품이 묻어났다.

우뚝.

걸음을 멈춘 그가 물었다.

"방금 전, 그들도 제노사이더의 습격에 대비해 준비를

했을 거라고 했었지?"

"예, 로드."

"파악한 건 있는가?"

"이집트의 카이로에서 휴가를 보내고 있던 핀과 알리나가 오늘 아침 니제르에 입국한 기록이 있습니다. 니제르는 나이지리아 북부와 국경을 마주하고 있는 나라죠. 그리고 그들과 함께 움직인 이가 몇 명 더 있는 듯합니다만 두 사람보다 무게 있는 인물은 없습니다."

핀과 알리나 라는 이름을 들은 중년 신사의 눈이 커졌다.

"무스펠이 두 명씩이나?"

무스펠은 북구신화에 나오는 불의 대지 무스펠하임에 살고 있는 주민들을 가리키는 명칭이다.

"로드께서도 그들이 한시도 떨어져 있지 않으려고 하는 연인 사이라는 것을 잘 알고 계시지 않습니까."

중년 신사의 얼굴에 곤혹스러워하는 기색이 떠올랐다.

"그들이 포함된 전력이 투입되었는데도 아디마가 죽었다면… 핀과 알리나는?"

"파악 중입니다만 사망했을 것으로 생각됩니다. 제노사이더는 자신을 노린 적을 살려둔 적이 없는 자입니다."

"그럼 제노사이더는?"

"카노 인근을 수색 중입니다만 아직 그의 소재는 파악되지 않았습니다. 무스펠과 싸우다 죽지 않았다면 곧 나타날 것입니다. 하지만 추적이 쉽지 않은 자라서 생존 여부를 알기까지는 며칠 걸릴 거라고 생각합니다."

"그가 죽었든 살았든 이번 일은 여러 모로 믿기 어렵군."

중년 신사의 미간에 생긴 세로줄들은 사라질 기미를 보이지 않았다. 그가 갑자기 떠오른 듯 앨빈을 보며 물었다.

"그들이 왜 무스펠을 둘이나 투입했을까? 제노사이더가 베일에 싸인 톱클래스의 청부업자라고는 해도 그들의 대응은 너무 과하지 않은가?"

앨빈은 망설임 없이 대답했다.

"그들은 아마도 제노사이더를 사로잡으려고 했던 듯합니다."

"생포?"

"예."

"제노사이더의 배후가 궁금했던 것이로군. 핀과 알리나라면 팔츠 백작의 지휘였겠지?"

"그렇습니다, 로드."

"그라면 배후로 우리를 의심하고 있겠군."

"백작님이라면 그러고도 남을 분이시죠."

"제노사이더와 연결된 흔적은?"

중년 신사의 질문에 앨빈은 자신만만한 미소를 지었다.

"쿠메와 그가 만난 건 우연이었습니다. 그 만남이 우리가 준비한 것이었다는 건 제노사이더도 알아차리지 못했습니다. 팔츠 백작님이 아무리 조사해도 그것을 알아낼 수는 없으리라 확신합니다."

중년 신사는 잠시 눈을 감고 생각에 잠겼다. 상황은 그가 희망했던 대로 이루어지고 있었다, 그것도 지나칠 정도로 많이.

그것이 그의 마음에 일말의 불안을 안겨주었다.

그는 현명한 사람이었다.

그는 행운과 불행의 여신이 자매 관계이며, 성공과 실패는 동전의 양면과 같아서 늘 함께 다닌다는 것을 잘 알고 있었다.

눈을 뜬 그가 앨빈에게 물었다.

"무스펠이 둘이나 죽고, 지키려 한 아디마도 제거되었

다. 이런 전투력을 가지고 떠도는 청부업자가 이 세계에 있었나?"

"제노사이더 외에는 들어본 적이 없습니다, 로드."

"앨빈, 내가 그의 능력을 과소평가했네. 한 번 더 전 과정을 세밀하게 검토해 보게. 자네가 한 일이니 잘 알아서 처리했겠지만 조심해서 나쁠 일은 없지 않은가."

"그렇게 하겠습니다, 로드."

앨빈은 고개를 숙이며 대답했다.

중년 신사가 말을 이었다.

"핀과 일리나가 죽고 아디마까지 제거된 이상, 제노사이더가 살아 있다면 무스펠하임에서 그를 놓아둘 리는 없네. 조직에 그처럼 심각한 타격을 준 자를 방치하는 건 그들의 방식이 아니지. 앨빈!"

"예, 로드."

"제노사이더를 찾아 생사를 확인하게. 그리고 그가 살아 있다면 감시에 최선을 다하게. 무스펠과 그는 분명 충돌할 걸세. 알겠나? 그는 우리에게 조커가 될지도 모르는 자라네."

중년 신사의 음성에서 희미한 열기가 느껴졌다.

앨빈은 그런 중년 신사를 보며 가슴이 저려왔다.

그는 지그시 이를 물었다.

'로드, 오래전 브라이트에서 지낼 때처럼 웃으실 수 있는 날이 반드시 올 겁니다. 제가 그렇게 되도록 만들겠습니다.'

인생의 황혼에 접어들고 있는 두 사람은 침묵 속에서 창밖을 바라보았다.

후드득후드득.

낮게 떠 있던 먹구름들이 무게를 이기지 못하고 물방울을 떨구기 시작했다.

워플가는 비에 축축이 젖어들어 갔다.

*   *   *

"당신이 알고 싶은 게 정확히 무엇입니까?"

십여 킬로가 넘는 길을 가는 동안 굳게 입을 다물고 있던 나이지리아 여군(?)이 나무가 울창한 숲의 작은 공터에 앉자마자 한 첫 말이었다.

"그것보다 당신을 뭐라고 불러야 되는지부터 말해주시오."

이혁은 책상다리를 한 채 여군을 똑바로 쳐다보며 말

했다.

호칭이 애매하면 편하게 얘기하기 힘들다. 그는 불편한 상대와 말을 섞는 취미는 갖고 있지 않았다. 물론, 지금은 취미를 따질 때가 아니긴 했다.

여인은 잠시 고민을 하는 듯하다가 입을 열었다.

"캘리라고 불러주십시오."

캘리는 인도 신화 속의 죽음과 파괴의 여신인 칼리의 영어식 발음이다.

드물지 않은 이름이긴 했지만 나이지리아 군에 소속된 여인의 이름이라고는 생각하기 어렵다.

이혁은 캘리의 눈을 똑바로 보며 말을 받았다.

"파괴의 여신이라… 가명일 테지만 이름은 그렇다 치고, 계급은 뭐요?"

"많이 알면 다칩니다."

"흐흐흐."

이혁은 낮게 웃었다.

캘리가 한 말은 농담이 아니었다.

이혁이 지닌 전투력을 고려할 때 그가 누군가에게 사상당할 가능성은 극단적으로 낮다는 것을 그녀도 모르지 않았다.

하지만 그녀는 만에 하나라도 그가 위험해지는 일이 벌어지길 바라지 않았다.

이혁과 몇 시간 함께하지도 않았지만 그녀의 마음속에 그는 이미 무겁게 자리 잡고 있었다.

물론 그건 애정과는 다른 감정, 숭배나 경외감에 가까운 것이었지만.

아무튼 그녀는 자신의 진심이 담긴 말이 대전에 있을 때 이혁이 동생처럼 귀여워했던 소녀로부터 자주 듣던 것이라는 걸 알지 못했다.

그 소녀는 그를 향해 커다란 눈을 빛내며 소리치곤 했다.

"변태 오빠, 많이 알면 다쳐!"

'지수가 종종 했던 말이군.'

지수의 작은 모습을 생각하자 그는 저절로 웃음이 났다.

형들이 비명에 간 후, 그가 사람답게 살던 시절에 옆에 있던 소녀.

대전과 그곳에 살았던 사람들의 모습이 파노라마처럼

뇌리를 스치며 지나갔다.

캘리의 뺨이 붉게 변해 있는 것을 본 그는 웃음을 멈췄다. 그는 캘리가 자신의 웃음을 비웃음으로 오해했다는 것을 깨달았다.

그는 멋쩍게 뺨을 두어 번 긁으며 말했다.

"비웃은 거 아니니까 신경 쓰지 마시오. 잠시 옛 생각이 나서 웃었을 뿐이오."

의문투성이인 그의 과거에 대해 알 수 있는 기회였다.

캘리가 궁금한 기색을 숨기지 못하며 되물었다.

"옛 생각이라면 어떤?"

이혁의 얼굴에서 웃음기가 천천히 가라앉았다. 그가 덤덤한 어투로 캘리에게 말했다.

"캘리, 질문은 내가 하려고 이 자리를 만든 거라는 거 잊지 말아줬으면 하는데."

캘리는 입을 다물었다.

눈 깊은 곳에 자책하는 기색이 완연했다.

자제하지 못하고 호기심을 적나라하게 드러낸 것은 그녀답지 않은 반응이었다. 하지만 그건 그녀의 잘못이라고 할 수 없었다.

이혁과 전투를 함께 치르고도 그에 대한 호기심을 억

누를 수 있는 사람은 극히 드물었다.

아니, 아직까지 세상에 나타난 적이 없다고 해야 옳았다. 그러니 그녀를 미숙하다고 탓할 수는 없는 것이다.

이혁이 연이어 물었다.

"아디마의 거처에서 당신은 나를 보았소. 그렇지 않소?"

캘리는 고개를 끄덕였다.

감출 생각도 없었지만 그것이 가능하지도 않은 상대였다.

이혁은 단도직입적으로 물었다.

"나는 특수한 수련을 해서 보통 사람은 나를 볼 수 없소. 그런데 당신은 당연하다는 듯이 나를 보았지. 어떻게 그게 가능한 거요?"

캘리는 나직하게 한숨을 쉬었다.

"당신은 뭐 하나도 정말 쉽지 않은 사람이네요. 질문도 답하기 어려운 걸 골라서 하는군요."

마음이 혼란스러운 걸 말해주듯 그녀의 어투가 조금 변해 있었다. 그러나 본인도 이혁도 그것을 의식하지는 못했다. 상대에게 그만큼 집중해 있었기 때문이다.

이혁이 멋쩍은 미소를 지으며 말을 받았다.

"생명의 빚을 갚는다고 생각하면 낫지 않겠소?"

"영화에서는 은혜를 마다하는 주인공도 많던데요."

"영화는 영화일 뿐이오. 나는 당신 앞에 있는 현실이고."

캘리는 고개를 돌려 레나를 보았다. 그녀의 얼굴에는 레나가 있는 곳에서는 얘기하기 곤란하다는 기색이 떠올라 있었다.

흥미로워하는 표정으로 두 사람의 대화를 듣고 있던 레나는 어깨를 으쓱하며 자리에서 일어났다.

"켄, 얘기 끝나면 불러줘."

기분 상할 수도 있었을 텐데 그녀의 표정은 담담했다. 일을 하다 보면 이런 경우는 드물지 않아서 익숙하기 때문이다.

이혁은 고개를 끄덕였다.

"그러지."

그는 캘리에게 시선을 돌리며 말을 이었다.

"이제 이야기해도 될 것 같소만."

이혁을 보는 캘리의 눈빛이 부드러워지며 군인다운 딱딱한 분위기가 눈에 띌 정도로 많이 가셨다.

전부는 아니어도 이혁이 궁금해 하는 부분에 대해서

어느 정도까지는 말할 결심을 굳힌 상태여서 그녀는 더 이상 망설이지 않았다.

그녀가 입을 열었다.

"어머니는 이 나라 분이시지만 아버지는 영국인이었어요. 정확하게는 아일랜드 분이었죠. 그분은 여행을 와서 만났던 어머니와 결혼했어요. 영국의 브라이튼에 살던 아버지는 어머니를 그곳으로 데리고 가셨고, 두 분은 그곳에서 나를 낳으셨어요."

이혁은 조용히 귀를 기울였다.

캘리의 음성에서 아련한 그리움이 전해져 왔다. 어린 시절의 그녀는 행복했었을 것이다. 그렇지 않다면 저렇게 그리워하지도 않을 테니까.

이혁의 눈이 캘리의 얼굴을 훑었다.

캘리의 피부는 탄력이 넘치는 검은색이었다. 하지만 얼굴 생김새는 나이지리아 토착 흑인과 많이 달랐다.

이목구비가 뚜렷한 그녀의 얼굴은 서구적이었고 또 대단히 아름다웠다. 목 뒤에서 고무줄로 단단하게 묶은 검은 머리도 곱슬거리지 않았다.

그녀는 어머니에게서 피부를, 그리고 아버지에게서 골격과 머리카락을 물려받은 혼혈이었던 것이다.

캘리의 말이 이어졌다.

"그래서 난 스물두 살이 될 때까지 영국에서 살았어요. 거기서 당신이 궁금해 하는 내 능력을 일깨워 준 그분을 만났죠."

이혁의 눈이 번뜩였다.

기다리던 얘기가 나오고 있었다.

"세상에 존재하는 모든 사물은 약하든 강하든 특정한 색깔의 빛을 내뿜어요. 예외는 없어요. 그리고 저는 그 빛을 볼 수 있죠."

"오라(Aura)를 말하는 거요?"

이혁의 질문에 캘리는 고개를 끄덕이며 대답했다.

"오컬트 계통을 연구하는 사람들은 그 빛을 오라라고 부르죠."

이혁의 눈빛이 복잡해졌다.

이미 예상은 했지만 확인하게 되자 생각이 많아진 것이다.

오라(Aura)는 라틴어 아우라에서 나온 말로, 존재하는 생명체 내부에 흐르는 에너지의 장(場)을 뜻하는 단어다.

동양에서 기(氣)라고 부르는 것과 비슷한 개념이 서양

의 오라라고 보면 된다. 둘의 다른 점이 없는 건 아니지
만 대체할 수 있는 동일개념의 용어를 찾기는 쉽지 않다.

캘리가 오라를 보는 것처럼 이혁도 기를 볼 수 있다.
하지만 그때 사용하는 눈은 육안이 아니라 심안이었다.

맨눈으로는 그도 기를 보지 못하는 것이다.

그가 알기로 오라를 보기 위해서는 킬리안 사진처럼
특수한 장비를 사용해야만 한다. 물론, 킬리안 사진도 진
위 논란이 계속되고 있는 것이기는 하지만.

과거부터 수련을 통해 육안으로 오라를 볼 수 있다고
주장하는 사람들이 있긴 했다.

하지만 오컬트 계열에서나 그들의 말을 믿어줄 뿐 상
식과는 거리가 멀었다.

이혁은 과학적으로 그것이 가능하다고 입증한 사람이
있다는 말을 들어보지 못했다. 그런데 캘리는 맨눈으로
오라를 볼 수 있는 능력이 있다고 말하고 있다.

그리고 그가 이미 경험했듯이 그것은 의심할 수 없는
진실이었다.

그가 물었다.

"후천적인 거요, 타고난 거요?"

캘리는 잠시 대답하지 않고 이혁의 눈을 똑바로 바라

보았다. 그의 질문은 점점 더 민감한 부분으로 접근하고 있었다.

"복합된 거예요. 선천적으로 타고난 것을 일깨울 수 있는 배움의 기회를 가질 수 있다면 사람은 누구나 다양한 형태의 능력을 보유할 수 있다고 하셨어요."

"'그분'이 말한 거요?"

"예."

캘리는 고개를 끄덕였다.

"그분이 말씀하시길 잠재력을 깨웠을 때 어떤 능력이 발현될지는 아무도 알 수 없다고 했어요. 발현이 되어야만 알 수 있다더군요. 그리고 발현된 저의 능력은 오라를 볼 수 있는 것이었고요."

이혁은 캘리가 군에 입문한 후 어떻게 저처럼 젊은 나이에 어떻게 특수부대의 리더가 되었는지 알 수 있었다.

사물의 오라를 볼 수 있는 그녀의 능력은 아무것에도 구애받지 않는 전천후 탐지 능력이나 다름없었다.

날씨도, 엄폐나 차단물도 그녀를 방해할 수 없는 것이다.

특수한 임무를 은밀하게 수행하는 작전에서 그녀의 능력은 다른 사람들이 따라올 엄두도 내기 어려울 정도로 큰 위력을 발휘했을 것이다.

그나마 이혁에게 다행스러운 것은 인위적으로 캘리와 같은 능력을 갖게 할 수 없다는 점이었다.

그녀를 가르친 사람도 배움을 통해 발현되는 능력이 어떤 것이 될지는 알 수 없다고 했다니까.

그가 물었다.

"발현될 때까지 기간이 얼마나 걸렸소?"

"7년 정도였어요."

"마지막으로 한 가지만 더 묻겠소. '그분'이 누구요?"

캘리의 입이 굳게 닫혔다. 얼굴의 부드러운 느낌도 사라졌다.

잠시 후, 그녀는 처음의 여군으로 돌아간 얼굴로 단호하게 고개를 저으며 말했다.

"그건 말할 수 없어요. 당신이 왜 내 능력에 관심을 갖는지 충분히 이해할 수 있어요. 위협이 된다고 판단했기 때문이겠죠. 나를 가르친 그분이야 말할 것도 없고요."

말을 잇는 그녀의 목소리에서 강한 확신이 느껴졌다.

"아마도 당신은 믿지 않겠지만 내가 그분에 대해서 아는 건 많지 않아요. 하지만 당신 같은 사람에게는 그 적은 부분만으로도 충분히 그분을 추적할 수 있겠죠."

이혁을 보는 그녀의 눈빛은 완강했다.

"내 생각에 당신이 그분을 만나면 웃으며 대화만 나눌 것 같지 않군요. 그래서 말해줄 수가 없어요. 그분은 내게 또 한 분의 아버지와 같아요. 당신은 아버지를 파는 딸을 본 적이 있나요?"

물론, 이혁은 그런 딸을 본 적이 여러 번 있었지만 그런 말을 해서 캘리의 기분을 망치고 싶지 않았다.

충성스러울 뿐만 아니라 올곧은 군인은 존중받을 자격이 있다.

캘리는 그런 여군이었다.

의문도 많이 해소되었다. 그만큼의 의문이 더 생겨났다는 게 함정이긴 했지만 그는 여기서 질문을 끝내기로 했다.

물러설 때와 나아갈 때를 구분하지 못하는 자는 바보다.

그가 말했다.

"솔직한 얘기, 고마웠소."

캘리의 눈에 반가움과 안도의 기색이 떠올랐다.

질문을 마치겠다는 의사가 만들어낸 변화였다.

캘리는 자리에서 일어났다.

"이제 가봐야겠어요."

이혁도 자리에서 일어나며 오른손을 내밀었다.

캘리는 그의 손을 마주 잡았다.

이혁이 말했다.

"앞으로 보지 맙시다."

캘리는 피부와 대조적으로 느껴져서 인지 유난히 흰 이를 드러내며 활짝 웃었다.

"저도 그러기를 바랍니다."

말을 마친 그녀는 막 한쪽 나무 그늘에서 걸어나오는 레나를 향해 작게 고개를 숙여 목례를 하고는 등을 돌렸다.

두 달에 걸친 도상훈련 덕분에 그녀는 이 지역을 손바닥 보듯이 잘 알고 있었다. 그녀는 망설임 없는 걸음으로 멀어져 갔다.

이혁과 레나는 나란히 서서 캘리의 등을 바라보았다.

레나가 이혁에게 고개를 돌렸다. 그녀는 눈에 호기심을 가득 담고 그에게 물었다.

"켄, 궁금증은 풀었어?"

이혁은 고개를 끄덕였다.

"대충."

"아주 만족스럽지는 않았나 보네."

"특수부대원이잖아. 몸짓처럼 입도 무거운 여자야."

레나는 더 묻지 않았다.

캘리가 자신에게 자리를 피해달라고 한 후 이루어진 대화였다. 그리고 이혁도 그것에 동의했다.

궁금하긴 했지만 호기심에 미련을 갖는 건 어리석었다. 이혁은 그녀가 물어도 대답해 줄 남자가 아니었다.

이혁은 그녀가 원하는 것을 다 해주는 그런 유형의 남자하고는 지구와 안드로메다만큼이나 거리가 멀었다.

멀어져 가던 캘리의 모습이 마침내 울창한 나무들 사이로 사라졌다.

레나가 작게 중얼거렸다.

"그런데, 괜찮을까?"

이혁이 콧날을 찡그리며 말을 받았다.

"괜찮지 않을 거야. 그녀를 보낸 자들이 계획했던 것보다 일이 너무 커졌잖아."

레나가 이혁에게 고개를 돌리며 물었다.

"그럼 어떻게 할 거야? 위험할 텐데?"

이혁은 대답 없이 걸음을 옮겼다.

레나가 그를 뒤따르며 물었다.

"어디로 가는 거야?"

이혁은 심드렁한 어조로 대답했다.

"제라드에게 전화하러."

* * *

고요한 눈빛으로 모니터를 들여다보던 여인은 등을 의자에 기댔다.

그녀의 입술 사이로 긴 한숨이 흘러나왔다.

"하아… 미스터 리가 거대한 화약고와 연결된 도화선에 불을 붙인 게 아닌가 걱정스럽구나……."

그녀는 자리에서 일어나 책상을 돌아나갔다.

그녀가 입고 있는 후드가 달린 원피스의 디자인은 중세의 수도승들이 입었던 로브를 연상시켰다.

원피스는 발끝까지 다 가리고도 남아 응접실의 바닥에 닿을 정도로 길었다.

하지만 재질이 실크 계통이어서 걸음을 옮길 때마다 언뜻언뜻 유려한 곡선을 그리는 몸매가 드러났다.

굵게 웨이브를 이루며 허리까지 늘어진 황금색의 머리

카락은 숱이 풍성했고, 키는 170이 넘을 정도로 컸다.

몸매는 군살이 보이지 않았고, 구름을 밟고 미끄러지는 듯한 걸음걸이에서는 활력과 힘이 느껴졌다.

그녀는 한시도 자신에게서도 눈을 떼지 않고 서 있는 잘생긴 흑인 청년의 앞에서 걸음을 멈췄다.

"에이단."

에이단은 흰 이를 드러내며 웃었다.

"예, 마스터."

여인은 선이 아름다운 눈을 살짝 찡그렸다.

그녀는 엄한 어조로 말했다.

"지금이 그렇게 속 편하게 웃고 있을 때니?"

에이단은 과장되게 안색을 굳히며 뒷머리를 긁적였다.

"죄송해요. 그냥 며칠 만에 마스터를 보니까 기분이 좋아서……."

"훗."

여인은 가볍게 웃고 말았다.

세 살 때 처음 능력을 발현한 에이단은 곧 조직에 발견되어 거두어졌다.

에이단의 잠재력이 범상치 않다는 것을 확인한 조직은 그를 훈련시키기로 결정했다. 그리고 바로 그녀가 있는 곳으로 그를 데리고 왔다.

아장거리며 걷던 에이단을 지금의 그로 키운 사람이 바로 마스터라 불리는 그녀였다.

그런 그녀를 에이단은 친구이자 어머니처럼 여겼다, 여인도 그런 감정을 가지고 있었고. 그래서 에이단이 여인에게 어리광을 부리는 것이다.

그녀는 손끝으로 에이단의 코를 한 번 톡 치며 입을 열었다.

"미스터 리도 쿠메라는 아이와의 만남이 우연이 아니었을 수도 있다는 걸 알고 있니?"

에이단은 고개를 저었다.

"장담할 수는 없지만 아마… 모르지 않을까 싶어요. 저도 조사가 마무리될 즈음에서야 알 정도로 철저하게 보안이 유지되고 있었으니까요."

깊이를 알 수 없는 호수처럼 크고 맑은 눈으로 에이단을 보고 있던 여인은 나직한 탄식과 함께 말했다.

"그들은 사람을 잘못 선택했어. 다른 사람도 아니고 하필이면 미스터 리를… 뒷감당을 어찌하려고……."

"그들은 미스터 리를 아무리 뛰어나도 결국은 청부업자에 불과한 자라고 판단했을 겁니다. 일종의 쓰고 버릴 수 있는 카드로 택한 거죠."

"하아, 어리석은 사람들."

에이단이 경쾌한 목소리로 말을 받았다.

"그동안 아디마의 배후에 무스펠하임이 있을 거라고 의심은 했어도 증거가 없었는데, 이번에 미스터 리로 인해 그것이 사실임이 확인되었습니다. 팔츠 백작 휘하에 있는 두 명의 무스펠도 미스터 리에게 죽었고요."

"확전은 피할 수 없는 일이 되겠지."

여인의 말에 에이단은 고개를 끄덕였다.

"나이지리아의 거점이 붕괴되고 아끼던 직속 부하를 둘이나 잃고도 참는다면 파이어골렘이라 불리는 팔츠 백작이 아니겠죠."

"그는 미스터 리의 배후를 의심하고 있어. 단순히 청부를 받고 그런 일을 벌인 거라고는 상상도 하지 못할 거야."

"우리도 그가 의심하는 세력 중 하나에 포함될 겁니다, 마스터."

"그렇겠지."

여인은 후드를 들어 머리에 눌러썼다.

에이단은 여인의 얼굴을 계속 보지 못하게 된 것에 진

한 아쉬움을 느꼈다.

그의 심정을 아는지 모르는지 여인이 말했다.

"백작의 수고를 좀 덜어주렴."

에이단의 얼굴이 진지해졌다.

"예, 마스터."

여인은 그에게서 등을 돌렸다.

"미스터 리는 우리 외의 세력을 약화시킬 수 있는 기회를 주었어. 헛되이 쓸 수는 없어, 에이단."

"물론입니다, 마스터."

에이단의 음성에서 긴장이 묻어났다.

후드를 벗은 여인은 이 세상 어느 누구보다도 아름답고 온화했지만 후드를 썼을 때는 사람이 바뀌었다. 그것도 극적이라고 할 수 있을 만큼 크게.

제9장

일백 평이 넘는 거대한 응접실에 긴장된 침묵이 흘렀
다.

　고개를 푹 숙인 토니는 숨도 쉬지 못했다. 하지만 극
심한 긴장 때문에 그는 자신이 거의 숨을 쉬고 있지 않다
는 것도 자각하지 못했다.

　그는 지금 의자에 몸을 깊숙이 파묻은 채 눈을 감고
있는 백작이 어떤 마음일지 너무도 잘 알고 있었다.

　그것이 그의 마음에 강렬한 공포심을 불러일으켰다.

　백작은 감정에 쉽게 휩쓸리는 사람이 아니다. 그가 속
내를 겉으로 드러내는 경우는 몇 년에 한 번 있을까 말까

할 정도로 드물었다.

그러나 토니는 백작도 이번 일은 참기 어려울 거라고 생각했다.

평소의 백작은 오만하지만 냉철할 정도로 이성적인 사람이다. 그러나 분노했을 때의 백작은 무시무시한 파괴자가 된다.

그리고 그 파괴력은 적아를 구분하지 않는다. 분노한 그를 통제할 수 있는 사람은 이 세상에 오직 단 한 명뿐이었다.

오랫동안 바로 옆에서 그런 백작을 지켜봐 온 산증인이 토니였다.

"핀과 알리나의 시신은?"

여전히 눈을 감은 채 묻는 백작의 목소리는 잠긴 것처럼 탁하고 거칠었다.

"대원들이 현장에서 화장했습니다."

대답하는 토니의 목소리는 심정을 말해주듯 두려움에 젖어 가늘게 떨렸다. 그래도 보고는 끝까지 해야 했다.

그는 조금 전 자신이 책상 위에 올려놓은 파일을 가리키며 말을 이었다.

"그곳에서 벌어진 일에 대한 보고서와 두 사람의 마지

막 모습이 그 파일에 담겨 있습니다, 백작님."

눈을 뜬 백작은 손을 뻗어 검은 파일을 쥐었다. 그리고 묵묵히 장을 넘겼다.

활자로 된 보고서는 페이지가 빠르게 넘어갔다. 하지만 곧 그의 손길은 사진이 들어 있는 부분에서 완연하게 느려졌다.

사진엔 현장의 모습이 생생하게 담겨 있었다. 그리고 핀과 알리나는 발견될 당시의 모습과 함께 알몸도 다양한 각도로 촬영되어 사진 속에 누워 있었다.

촬영은 전문가에 의해 이루어졌다. 그래서 그들이 입은 상처와 표정은 아주 세밀해서 코앞에서 보는 듯했다.

백작이 파일을 덮었다.

그의 시선이 토니를 향했다.

"보고서 어디에도 제노사이더를 발견한 자가 있다는 말은 없군. 네 명의 암살자와 다른 방향에서 아디마를 습격한 노출되지 않은 암살자들에 대한 내용뿐이야. 그런데 자네는 아디마의 암살과 두 무스펠의 죽음이 제노사이더가 저질렀다고 확신하고 있어. 근거를 말해보게."

백작의 목소리는 탁하기만 해서 감정이 드러나지 않았다. 하지만 오랫동안 그를 모셔온 토니는 백작의 마음을 어렵지 않게 읽을 수 있었다.

백작은 일어난 일에 대해 단순한 추정이 아닌 확신할 수 있는 명백한 증거를 보고 싶어 하고 있다.

그것은 백작 자신을 위해 필요한 작업이었다.

그의 파괴력은 특정한 목표에 대한 살의가 강렬할수록 증폭되는 유형에 속하기 때문이다.

토니는 몸을 돌렸다. 그리고 왼손에 들고 있던 장치를 조작했다.

천장에서 100인치가 넘는 커다란 스크린이 내려왔다. 그리고 어디에도 빔을 뿌리는 프로젝터가 없는데도 스크린에 선명한 화면이 생겨났다.

아디마의 부대 인근과 내부, 그의 거처, 핀과 알리나가 사망한 장소에 이르기까지 수십 장의 사진이 일정한 속도로 나타났다가 사라졌다.

그때마다 토니는 간단한 설명을 곁들였고, 마지막으로 붉고 푸른 선이 이리저리 그어진 그림 한 장이 스크린을 장식했다.

토니가 손에 든 봉 형태의 적색 레이저로 스크린을 가리키며 입을 열었다.

"블루는 목격된 암살자들이 잠입 후퇴한 경로이고, 레

드는 목격되지 않은 암살자의 동선입니다. 저 두 개의 선은 아디마가 암살된 직후 만납니다."

그는 고개를 들어 백작을 보며 말을 이었다.

처음과 달리 그의 목소리는 떨리지 않았다.

백작이 느끼는 분노와 살기는 그의 예상을 뛰어넘는 것이었다. 하지만 오히려 그것이 그를 안정시켰다.

작은 분노는 바로 폭발하기에 그가 다칠 수 있었다. 하지만 그보다 큰 것은 목표에 이르러야만 터졌다.

그것이 백작의 스타일이라는 것을 그는 아는 것이다.

"백작님께서도 보신 것처럼 레드가 움직인 동선은 어떤 특수 요원도 가능하지 않은 침투로입니다. 알리나처럼 사람의 눈으로는 볼 수 없는 속도로 움직일 수 있거나 영화 속의 투명인간과 같은 능력을 갖고 있어야 저렇게 침투할 수 있을 것입니다."

붉은 레이저가 푸른 선을 지목했다.

"그에 반해 블루는 뛰어나긴 해도 보통 사람의 침투 형태를 보여줍니다. 저는 이들이 나이지리아 특수부대 정예 요원들이었을 거라 판단하고 있습니다."

"로만 대통령의 지시를 받고 움직인 특수부대원들이라는 건가?"

"예."

"레드는 제노사이더고?"

토니는 고개를 끄덕이며 대답했다.

"예, 백작님. 레드가 침투한 동선뿐만 아니라 아디마를 경호하고 있던 우리 측 인물들을 제거한 솜씨, 그리고 탈출하면서 블루의 살아남은 요원을 구하는 과정에서 보여준 기괴한 능력은 그가 제노사이더임을 증명하는 것이라고 생각합니다. 무엇보다도 로만은 저런 능력자를 컨트롤할 수 있는 인물이 아닙니다."

로만에 대해서는 백작도 토니의 의견에 동의했다.

로만은 무능력했다. 그 때문에 조직은 아디마와 함께 거사를 도모하려고 했다, 당분간은 헛된 꿈이 되어버렸지만.

그들의 사업을 꿈으로 돌려 버린 자를 떠올리자 그는 몸이 떨릴 정도로 강렬한 분노와 살기가 치밀어 오르는 것을 느꼈다.

입을 여는 그의 목소리가 좀 더 탁해졌다.

"핀과 알리나는 제노사이더를 생포하라는 임무를 수행하지 못하고 죽었다. 배후를 밝힐 기회를 잃은 거지. '그자'의 숨통을 끊어놓을 수 있을지 모르는 기회였는데……."

"속단하기는 이르지 않을까 싶습니다, 백작님."

백작의 눈이 음산한 빛을 발했다.

그가 물었다.

"무슨 말이냐?"

"레드와 블루가 탈출할 때 외부에서 도운 자들이 있다는 것을 기억해 주십시오."

"음……."

백작은 낮게 신음을 토했다.

그제야 그는 제노사이더와 무스펠들의 죽음에 집중하느라 중요한 사실을 놓쳤다는 걸 깨달았다.

"헬기."

그의 중얼거림을 들은 토니가 고개를 끄덕였다.

"추락한 두 대의 공격헬기는 MI-24 하인드였습니다. 비록 초기형의 둔한 기체이긴 하지만 장갑까지 보강되어 방호 능력은 상당히 뛰어난 것이었죠. 헬기를 추락시킨 건 지대공미사일과 같은 장비가 아니었습니다. 파일에 있는 헬기의 사진을 봐주십시오."

백작은 파일을 뒤적여 토니가 말한 사진을 찾아냈다.

사진상의 헬기들은 여러 동강의 파편이 된 모습으로

여기저기 나뒹굴고 있었다.

그것들을 살펴본 백작은 토니의 말을 뒷받침하는 몇 가지 증거를 발견할 수 있었다.

다른 건 차치하고라도 치명적인 충격을 받은 헬기의 중앙에 있는 외부 장갑은 거인의 망치에 맞은 것처럼 우그러들어 있었다.

미사일에 당했으면 뚫리며 찢어져야 했다. 우그러들 수는 없었다.

토니가 말을 이었다.

"잔해를 가져와 좀 더 조사를 해봐야겠지만 헬기들은 싸이킥빔 형태의 공격에 당한 것으로 추정됩니다."

"외부에서 지원을 한 자가 초상능력자라는 말이로군."

"그렇습니다, 백작님."

백작의 눈이 가늘어졌다.

초인이라고 해야 할 능력자들을 전투 작전에 투입할 수 있는 세력은 전 세계를 통틀어도 몇 되지 않는다.

그가 알기로 제노사이더에게는 파트너가 없었다. 수족 처럼 부리는 부하들은 있을 수 있을 것이다.

하지만 현장에서 그와 협업을 하는 자가 따로 있다는 얘기를 들어보지 못했다.

그렇다면 외부에서 지원한 초상능력자는 그에게 청부를 의뢰한 세력에 속해 있다고 생각해도 크게 틀리지는 않을 터였다.

그가 토니에게 물었다.

"추적할 단서는?"

"제노사이더를 추적하는 건 너무 위험하다고 판단됩니다. 핀과 알리나를 쓰러뜨릴 정도로 강한 자입니다. 하지만……."

그의 손에 들린 레이저가 스크린의 푸른 선에 닿았다.

"블루는 어렵지 않습니다."

레이저를 끈 토니가 말을 이었다.

"블루는 분명 나이지리아 특수부대에 속한 군인입니다. 정부 내에 있는 우리 쪽 사람이라면 블루의 정체를 곧 알아낼 수 있습니다, 백작님."

백작은 고개를 끄덕였다.

그가 나이지리아 정부 내에 심어놓은 인물의 지위는 대단했다. 그라면 어렵지 않게 탑 시크릿 정보에 접근할 수 있었다.

"신속하게 손을 쓰게. 우리가 먼저 제노사이더를 찾아야 해. 그는 아디마의 주변에 함정을 파고 자신을 기다린 세력이 있다는 것을 눈치챘을 거다. 그자의 행동 방식을 생각하면 그냥 넘어가려 하지는 않을 것이다."

말을 하던 백작의 미간에 주름이 잡혔다.

"'그들'에게 통보를 했느냐?"

"예, 백작님."

"반응은 어떻더냐?"

"제노사이더에 대한 자료를 요구하더군요."

"현장에서 '그들'의 수하가 둘이나 죽었으니 가만있을 리는 없지. 어느 정도 선까지는 '그들'과 협력해도 된다. 그들의 불만도 다독여 줄 필요가 있고."

"알겠습니다, 백작님."

토니는 고개를 숙였다.

백작에게 보이지 않는 그의 얼굴에 안도의 기색이 떠올라 있었다. 우려했던 것에 비할 수 없이 조용하게 끝난 보고에 감사하며 그는 등을 돌렸다.

*   *   *

나이지리아 중북부에 자리 잡고 있는 카두나주의 주도(州都) 카두나는 인구 팔십만여 명이 사는 대도시다.

그리고 이 나라 최대 도시 라고스를 잇는 철도의 중간 기착지로 교통과 무역의 중심지이기도 하다.

카두나의 가구 제조 공장들이 밀집해 있는 지역으로 연식이 오래된 회색의 지프 한 대가 들어섰다.

관리가 제대로 되지 않은 도로에는 잔돌이 많아서 차는 쉴 새 없이 덜컹거렸다.

해가 저물고 있는데도 더위는 아직 식지 않았다. 열어 놓은 차창을 통해 후덥지근한 바람이 흘러 들어왔다.

커다란 검은 선글라스를 쓰고 모자를 눈썹까지 눌러쓴 캘리는 혀를 내밀어 입술을 축였다. 입술이 바짝 말라서 가뭄에 갈라진 흙바닥처럼 느껴졌다.

선글라스 너머에 있는 그녀의 눈빛은 어두웠다.

작전의 결과는 성공이었다.

목표로 했던 아디마는 제거되었으니까.

하지만 그 과정에서 그녀는 세 명의 정예 요원을 잃었다. 임무의 성공도 그녀의 힘에 의해 이루어진 성공이 아니었고.

'켄'이라 불리던 사내와 헤어진 직후, 그녀는 정해진 루트를 통해 이번 작전을 입안하고 지휘했던 사람에게 결과를 보고했다.

그는 대단히 기뻐하며 그녀를 칭찬했다. 그리고 직접 만나 상세한 보고를 듣고 싶어 했다.

그래서 그녀는 지금 그와 만나기로 약속한 장소로 가고 있는 중이었다.

아직 퇴근 시간이 되지 않아서인지 돌아다니는 사람이 많지 않은 거리는 한산했다. 차량도 많은 편이 아니어서 지프는 거침없이 도로를 질주했다.

십여 개의 블록을 지난 지프는 우측에 나타난 좁은 골목으로 들어섰다. 차량 한 대가 간신히 지나갈 정도로 좁은 골목으로 2백 미터 정도를 지나가자 삼거리가 나타났다.

캘리는 핸들을 왼쪽으로 틀었다. 150미터를 전진한 캘리는 허름한 3층 건물 앞에서 브레이크를 밟았다.

언제 허물어질지 모르겠다는 생각이 먼저 들 정도로 낡은 건물의 건축 양식은 영국풍이었다.

나이지리아는 1960년 10월 1일 영국으로부터 독립했지만 아직도 영연방에 속한 나라다. 그래서 영국풍의 건축 양식을 따라 지어진 건물들이 많았다.

차에서 내린 캘리는 자연스럽게 주변을 한 번 훑어본 후 건물 안으로 들어갔다.

"어서 오게."

3층의 사무실 문을 열고 들어서자 소파에 앉아 있던 오십대 전후의 건장한 흑인이 자리에서 일어나며 캘리를 맞았다.

짙은 회색 슈트를 잘 차려 입은 그의 검은 피부엔 윤기가 흘렀고, 눈빛은 강했다.

그의 전신에서는 오랫동안 많은 사람을 부려본 자에게서 느낄 수 있는 위엄과 관록이 자연스럽게 배어 나왔다.

안으로 들어서기 전에 모자와 선글라스를 벗은 캘리는 구두 뒷굽을 붙이고 부동자세를 취하며 거수경례를 했다.

남자도 거수경례로 인사를 받고 손을 내밀었다.

캘리는 부동자세로 남자의 손을 마주 잡으며 짧게 말했다.

"다녀왔습니다, 장군님."

"고생했네. 앉게."

자리에 앉은 전직 육군참모총장이자 현직 대통령 안보담당 특별보좌관 데이비드 모제스는 캘리를 똑바로 보며 말을 이었다.

"아디마가 죽은 것은 여러 경로를 통해 확인할 수 있

었네. 정말 고생 많았네."

"감사합니다."

"아디마는 이 나라의 골칫거리였네. 지지자들과 배후 세력이 너무 강해 우리가 공개적으로 그를 축출했다면 정국은 바로 태풍의 한가운데로 진입했을 걸세. 자네는 그런 자를 제거한 거야. 아무리 많은 치하라도 부족할 일일세."

아디마는 켄에 의해 제거되었다. 하지만 캘리는 이번 작전에 참여한 것에 대해서 자부심을 느꼈다.

그녀는 군대는 국가와 국민을 위해 존재하는 것이라고 믿었다. 그리고 정치에 개입해서는 안 된다는 신념을 갖고 있었다.

그런 그녀에게 있어 쿠데타를 통해 권력을 장악하려 했던 아디마는 군인이 아니었다.

그는 자신의 사욕을 충족시키고 싶어 군복을 입은 쓰레기에 불과했다. 그래서 살아 돌아올 가능성이 희박했던 이번 작전에 기꺼이 지원했던 것이다.

"이곳에 오기 전 대통령을 뵈었네. 그분께서도 자네에게 수고했다는 말을 전해달라고 하시더군. 그분은 영원히 비밀에 부쳐야 할 작전이어서 자네에게 물질적 보상이나 훈장 수여를 할 수 없다는 걸 진심으로 안타까워 하셨네."

"말씀만으로도 충분합니다. 나라를 위해 한 일입니다. 보상을 바라고 한 일이 아닙니다, 장군님."

데이비드는 고개를 끄덕였다.

"알고 있네. 그래서 더 고맙네."

연이어 그가 물었다.

"그런데 아디마의 부대를 감시하던 위성이 촬영한 것들 중에 납득이 안 가는 것들이 있더군. 사진 상으로는 아디마의 거처가 완전히 폭파된 것처럼 보이던데. 자네 팀은 그런 폭발 장비들을 갖고 가지 않았던 것으로 아네. 그에 대해 설명을 해주게."

캘리는 자신이 겪은 것 중 90퍼센트 이상을 사실대로 이야기했다. 하지만 남은 10퍼센트는 각색을 해야 했다.

사실대로 이야기한다면 데이비드는 그녀가 과도한 스트레스로 정신이 이상해졌다고 생각했을 테니까.

그녀의 긴 이야기가 끝났다.

데이비드는 눈살을 찌푸렸다.

"켄과 레나라는 이름은 처음 들어보는군. 동양인과 서양인으로 조합된 팀이라… 그런 팀으로 우리 외에 아디마를 노릴 다른 누군가가 있었나?"

중얼거리던 그가 캘리에게 말했다.

"그렇다면 결과적으로 자네 팀이 미끼 역할을 하고 그 정체를 알 수 없는 자들이 아디마를 제거한 것이라는 건가?"

캘리가 각색한 10퍼센트의 이야기는 켄과 레나의 능력, 그리고 핀과 알리나의 등장과 싸움에 대한 것이었다.

그녀는 여러 번 돌이켜 보아도 그것이 사실인지 꿈을 꾼 것인지 아직도 의심스러울 지경이었다.

눈앞에서 본 자신도 믿기 어려운 그 얘기를 데이비드가 어떻게 받아들일지 생각할 필요도 없었다.

"그렇습니다, 장군님. 그것이 진실입니다."

데이비드의 눈빛이 부드러워졌다.

그는 사실을 있는 그대로 얘기하는 사람이 많지 않다는 것을 잘 아는 남자였다.

캘리는 아디마 제거의 핵심적인 역할을 한 건 자신이 아니라 정체를 알 수 없는 남녀라고 말하고 있었다.

인간으로서도 그렇지만 조직에 속한 자로선 정말 쉽지 않은 일이었다.

상부의 신뢰와 직급 상승의 기회를 잃을 수도 있는 일

이었으니까.

데이비드가 탄식 섞인 목소리로 말했다.

"안타까운 일이네."

말의 뉘앙스가 이상해서 캘리는 조금 어리둥절해진 얼굴로 데이비드를 바라보았다.

그가 말을 이었다.

"이번 일은 아무도 아는 사람이 있어서는 안 되네, 앞으로도 영원히 말일세. 받아들이기 어렵겠지만 이해해 주기 바라네. 비밀이 새어나갈 가능성이 있다면 그것을 차단해야 하는 것이 내 입장이네."

캘리의 안색이 돌처럼 딱딱해졌다.

말하기 어려운 듯 데이비드는 모호하게 말했다. 그러나 캘리는 그 말에 담긴 의미를 간단하게 알아차렸다.

생사에 대한 예감이 비정상적으로 발달하는 건 군인의 직업병이 아니던가.

그녀의 얼굴을 똑바로 보며 데이비드가 다시 입을 열었다.

"대통령께서는 수고했다는 말과 함께 미안하다는 말도 전해달라고 하셨네. 그분은 진심으로 안타까워 하셨네."

그녀는 숨을 깊이 들이마셨다.

"이런 마음을 갖고 계실 거라는 생각은 하지 못했습니다."

이를 악문 그녀의 눈에 뜨거운 불길이 이글거렸다.

배신감에 치가 떨렸다.

그녀는 명령에 살고 죽는 군인이었다. 그래서 언제든 죽을 각오가 되어 있었다.

하지만 그건 이 나라를 위해 자신이 택한 전장에서였지, 정치적 이해득실이나 따지는 아군의 배신에 의해서는 아니었다.

"몰염치하게 들릴 거라는 걸 알지만 우리 입장도 이해해 주게. 아디마는 서양의 거대한 세력과 손을 잡고 있고, 국내에도 그를 지지했던 자들이 많네."

데이비드는 탄식하며 말을 이었다.

"그가 우리 측에 의해 제거되었다는 것이 알려진다면 대통령을 비롯해 많은 사람이 헤어나기 힘든 정치적 수렁에 빠지게 되네. 자네도 그런 상황은 원치 않을 것이 아닌가. 로만 대통령은 이 나라를 위해서 무슨 일이 있어도 안전하게 보호되어야 할 분일세."

말을 계속하는 데이비드의 얼굴에 씁쓸한 기색이 떠올랐다.

"물론 자네 말대로라면 다른 자들이 그 역할을 맡았지만 설령 그들의 정체가 밝혀진다 해도 정적들은 책임을 우리에게 물을 걸세. 그것이 정치니까."

데이비드는 허리를 꼿꼿이 세웠다.

"내가 자네를 진심으로 아꼈다는 것을 알 걸세. 험하게 보내고 싶지 않네. 그러니 의미 없는 저항은 하지 말아주었으면 하네."

캘리는 움직이지 않았다. 아니, 움직일 수가 없었다.

어느새 그녀의 뒤통수에는 권총 두 자루의 총구가 닿아 있었다.

권총을 쥔 사내들은 삼십대의 단단한 체격을 가진 남자들이었다.

그들의 손에 들린 베레타에는 소음기가 장착되어 있었다. 처음부터 캘리를 제거하기 위해 준비된 자리였다는 걸 알 수 있는 장비였다.

캘리의 눈가에 절망의 기색이 떠올랐다.

그녀는 충분히 조심하며 이곳으로 왔다. 하지만 그건 혹시 뒤를 밟을 수도 있는 자들에 대한 조심이었다.

이 방으로 들어서서 데이비드의 얼굴을 보자 대부분의 긴장이 풀렸다.

그 때문에 출입문 좌우의 가구 뒤에 몸을 숨기고 있던 요원 둘의 기척을 잡아내지 못한 것이다.

그녀의 능력이 부족해서가 아니었다. 데이비드가 준비한 두 명의 요원은 그녀에게 뒤지지 않는 능력을 가진 정예들이었다.

캘리는 극단적으로 불리한 위치에 있었다.

그녀는 앉아 있었고, 남자들은 서 있었다. 게다가 그들은 그녀의 뒤에 있었고, 방아쇠에 손을 올리고 있었다.

그녀가 어떤 방향으로 움직인다 해도 남자들이 방아쇠를 당기는 속도보다는 느릴 수밖에 없었다.

두 남자가 데이비드를 보았다.

아직 구체적인 사살 명령이 떨어지지 않은 것이다.

데이비드는 그들을 보며 고개를 끄덕였다.

그들은 망설임 없이 권총의 방아쇠를 당기려 했다.

그 순간,

쾅!

강렬한 폭발음과 함께 출입문이 산산조각이 났다. 코를 찌르는 화약 냄새와 시야를 가리는 먼지가 뿌옇게 피어올랐다.

그리고 그 사이로 그림자 하나가 번개처럼 안으로 뛰

어들어 왔다.

두 남자는 본능적으로 권총의 총구를 출입문 쪽으로 돌렸다.

투투투투투투!

북을 치는 듯한 둔탁한 총성이 연이어 났다. 두 남자의 이마와 가슴에 여러 개의 구멍이 난 것도 동시에 일어난 일이었다.

"컥!"

"으흑!"

짤막한 비명과 함께 두 사내의 몸이 벽 쪽으로 세차게 튕겨 나가며 나뒹굴었다. 사방으로 시뻘건 피가 튀었다.

캘리는 눈을 껌벅였다.

그녀답지 않게 멍한 얼굴이었다. 순간적으로 무슨 일이 벌어진 건지 판단이 되지 않았던 것이다.

데이비드는 벌떡 일어나 있었다.

그는 찢어질 듯 부릅뜬 눈으로 캘리의 뒤를 보고 있었다.

캘리도 일어나 몸을 돌렸다.

돌아선 그녀의 앞에는 머리에 쓴 헬멧부터 발끝까지 몸에 달라붙는 검은색의 전투복을 입고 있는 키가 큰 여인이 서 있었다.

그녀는 소음기가 장착된 M4A1을 들고 있었다. 특별
한 긴장이 느껴지지 않는 자연스러우면서도 빈틈없는 자
세는 그녀가 이런 일의 프로페셔널임을 알 수 있게 했다.

캘리의 시선을 받은 여인의 입술이 달싹였다.

"보스가 이런 상황이 될지도 모르니까 당신을 경호하
라고 하더군요."

군인의 말투는 아니었지만 그에 뒤지지 않는 무뚝뚝한
어투였다.

"보스?"

캘리는 눈살을 찌푸리며 되물었다. 여인이 누굴 보스
라고 하는 건지 짐작도 가지 않았던 것이다.

여인이 말을 받았다.

" '켄', 아마 당신은 보스의 이름을 그렇게 알고 있을
거라는 게 그분의 말씀이셨어요."

"아!"

캘리의 얼굴이 밝아졌다.

여인이 데이비드를 턱짓하며 말했다.

"저자의 처리는 당신에게 맡기죠. 그렇게 하라는 것이
보스의 지시였어요."

캘리는 고개를 돌렸다.

검은 피부가 희게 탈색된 것처럼 보일 정도로 얼굴이 창백하게 변한 데이비드의 얼굴이 눈에 들어왔다.

캘리는 말없이 바닥에 떨어져 있는 권총을 주워 들었다.

데이비드의 이마에 굵은 땀이 송골송골 솟아났다. 그의 탱탱한 볼 살이 눈에 띌 정도로 떨리고 있었다.

그가 숨을 깊게 들이마신 후 캘리를 보며 입을 열었다.

"자네도 내 입장을 이해하고 있지 않나. 이대로 이 나라를 떠난다면 다시는 자네에게 해가 될 일을 하지 않겠네. 내 자리를 걸고 맹세할 수 있네."

그의 말이 끝난 뒤에도 잠시 동안 캘리는 표정 없는 얼굴로 말없이 권총을 내려다보며 서 있었다.

몇 초의 침묵이 흐르고 나서 캘리가 고개를 들었다.

그녀가 천천히 입을 열었다.

"이 나라가 충성을 배신으로 보답하는 사람을 과연 필요로 할까?"

말을 하는 그녀의 안색이 단단해졌다.

여자가 아닌 군인의 얼굴이었다.

지금 어떤 심정인지 말해주듯 데이비드에 대한 그녀의

말투는 존대가 아닌 평대로 변해 있었다.

그녀가 말을 이었다.

"당신은 정치인이니까 판단은 국민들이 해야겠지."

"대위⋯⋯."

사색이 된 데이비드가 캘리를 불렀다.

캘리는 아랑곳하지 않고 계속 말했다.

"나도 이 나라의 국민이야. 이곳에 다른 사람이 없으니 일단 나라도 판단을 해야 하겠지? 내 판단은 'NO'야!"

입을 다문 캘리는 망설이지 않고 방아쇠를 당겼다.

푸슉!

베레타의 총구에서 불꽃이 튀었다.

덜컥!

"컥!"

숨이 꽉 막히는 비명과 함께 데이비드의 고개가 뒤로 확 젖혀졌다. 그는 믿을 수 없다는 듯 눈을 크게 뜬 채로 뒤로 넘어갔다.

제10장

아부자 서쪽에 자리 잡은 은남디 아지키웨 국제공항.

몸에 착 달라붙는 스키니 청바지에 어깨가 훤하게 드러나는 청색 반팔 티셔츠를 입은 키가 큰 여인이 공항 대기실을 향해 걸어갔다.

오가던 사람들의 눈이 일제히 그녀를 향했다. 그들의 뜻이 아니었다. 마치 누가 머리를 잡고 여인이 있는 방향을 향해 강제로 돌리기라도 하는 듯했다.

은은한 푸른빛이 섞인 검은 생머리를 허리 중간까지 늘어뜨린 여인은 그럴 수밖에 없는 굉장한 미인이었다.

잠시 걸음을 멈추고 의자들이 있는 곳을 둘러보던 여

인은 한 곳을 향해 똑바로 걸어갔다. 그녀가 걸음을 멈춘 곳은 체격이 좋은 젊은 동양 남자의 앞이었다.

동양인 남자는 고개를 들어 여인을 보았다.

여인은 가벼운 눈인사와 함께 그의 옆에 앉았다.

구릿빛으로 그을린 건강한 피부의 동양인 사내는 이목구비가 뚜렷하고 전체적인 선이 굵은 외모의 소유자, 이혁이었다.

그의 시선을 받은 여인의 입술이 달싹였다.

"보스, 사람 고생시키는 건 이제 스페셜리스트의 경지에 이르신 거 같네요. 적이었다면 당장 죽여 버리고 싶을 정도예요."

섬뜩한 내용과 달리 그녀의 목소리는 연인의 귀에 속삭이는 것처럼 부드러웠다. 전장에서의 딱딱함은 온데간데없었다.

이혁은 들은 척도 하지 않았다.

"난 뭐든 스페셜리스트라고, 리마."

"어련하시겠어요."

리마의 크고 아름다운 눈에 살기에 가까운 불꽃이 피어올랐다.

이혁은 어깨를 으쓱했다.

"캘리는?"

"그녀는 제 갈 길로 갔어요.

"그래? 거절당한 거야?"

리마는 보일 듯 말 듯 고개를 저으며 대답했다.

"확답은 아니었어요. 생각할 시간을 달라더군요."

"그녀의 성격을 생각하면 거절이나 다름없는 말이로 군."

이혁은 혀를 찼다.

"쯥, 어쨌든 좀 아쉽군. 옆에 두면 여러 모로 쓸모 있을 것 같은 친구였거든."

그가 연이어 물었다.

"그녀가 어디로 갔는지는 알아?"

"아직은요. 하지만 테일러가 그녀에게 꼬리를 붙였으니 곧 결과를 받아보실 수 있을 거예요."

이혁은 고개를 끄덕였다.

테일러는 추적과 정보 수집에 관한 한 이 시대 최고의 전문가 중 한 명이라고 해도 과언이 아닌 남자였다.

그는 전 세계에 걸쳐 끝을 알 수 없는 인맥을 갖고 있었고, 랩탑부터 위성까지 다루지 못하는 장비가 없었다.

그가 갖고 있는 인맥풀과 다룰 수 있는 정보 기기의

한계가 어디까지인지 이혁조차 정확하게 알지 못했다.

세상에서 테일러의 추적을 벗어날 수 있는 사람은 몇 되지 않는다. 이건 그를 아는 모든 사람의 공통된 평가였다.

캘리는 혹독한 훈련을 거친 엘리트 요원이었지만 테일러의 눈을 피할 정도는 아니었다.

리마가 물었다.

"그건 그렇고 스마트폰을 갖고 다니시라는 테일러의 의견은 여전히 생각 중이신가요?"

묘하게 날이 선 말투다.

이혁은 풀썩 웃으며 시선을 돌렸다. 대기실 창밖으로 환한 햇살 아래 활주로를 오르내리는 항공기들이 보였다.

리마는 다리를 꼬며 이혁을 노려보았다.

그녀가 말을 이었다.

"테일러가 손을 본 스마트폰은 NSA(미국 국가 안보국, 통신 감청과 암호 해독에 특화되어 있는 정보기관)도 도청을 하지 못하는 거라는 걸 아시잖아요!"

이혁은 다리를 쭉 펴며 상체를 뒤로 젖혔다.

그는 더할 나위 없이 편안해 보이는 자세로 말했다.

"그런 거 갖고 있지 않아도 불편한 거 없다."

"보스는 불편하지 않으시겠죠. 하지만 우리는요?"

이혁은 두 손을 깍지 끼고 손 베개를 하며 말을 받았다.

"내가 전화하지 않는다고 좋아하지는 않겠지."

리마의 눈빛이 살벌해졌다.

"이번에 뜬금없이 나이지리아로 가신다고 한 다음부터 늘 천하태평인 제라드야 오지에 가게 될지도 모른다면서 노래까지 불렀지만 테일러와 저는 속이 새까맣게 탔어요. 아세요?"

이혁은 의자에 반쯤 누운 자세로 리마를 돌아보았다.

리마를 보는 그의 눈엔 온기가 담겨 있었다.

그가 말했다.

"나한테 무슨 위험한 일이 있을 거라고. 둘 다 제라드의 성격을 반이라도 닮으면 얼마나 좋아. 서로가 윈윈이잖아."

리마는 어쩔 수 없다는 듯 머리를 살래살래 저었다.

이건 벽하고 대화하는 거나 마찬가지가 아닌가.

그녀는 가볍게 한숨을 내쉬며 말했다.

"어디로 가시든 그거야 보스 맘이시지만 제발 언제든 연락은 할 수 있게 해주세요. 난데없이 전화하셔서 오지에 있는 여인들을 안전한 곳으로 후송하고, 일부는 프랑

스까지 경호하라더니 파리에 짐을 풀기도 전에 궁지에 몰린 특수부대 출신 여군을 구하라는 지시를 내리시더군요. 보스 덕분에 저는 사흘 동안 침대 속으로 들어가지도 못했어요. 계속 차와 비행기에서만 잤다고요."

"침대에 들어가야 뭐하겠어? 안아줄 애인도 없잖아?"

리마의 눈썹 끝이 하늘로 서서히 곤두서기 시작했다.

"흐흐흐."

이혁은 낮게 웃으며 자리에 똑바로 앉았다. 그리고 손을 들어 리마의 풍성하고 윤기 나는 머리카락을 확 헝클어뜨렸다.

그가 말했다.

"리마, 애인 생기면 나한테 보고부터 해야 한다는 거 잊지 말아. 넌 아직 보호자가 필요한 열일곱밖에 안 된 미성년자라구."

리마는 대뜸 코웃음 쳤다.

"흥, 미성년자에게 죽음과 총탄이 난무하는 전장으로 가라고 밥 먹듯이 지시하는 분이 누구시더라?"

"그래, 나다, 임마!"

이혁은 웃으며 다시 한 번 리마의 머리를 헝클어뜨렸다.

외모만 보면 리마는 이십대를 훌쩍 넘어 보이는 매력적인 여인이었다. 하지만 실제는 많이 달라서 그녀는 올해 열일곱이었다.

한국 나이로는 열여덟이었지만 그래도 미성년자이긴 마찬가지였다.

"아메네는?"

"이곳에 오면서 그 아이와 쿠메가 재회했다는 연락을 받았어요."

"잘됐군."

"하루카는 궁금하지 않으세요?"

"테일러가 어련히 잘 챙기고 있겠지."

테일러는 추적의 전문가인 만큼 보호해야 하는 사람의 흔적을 지우는 데도 일가를 이룬 남자였다.

하루카에게 관심을 가진 자들로부터 그녀를 보호하는 일에는 그 이상의 적임자를 찾기 어려울 것이다.

"그녀가 보스를 보고 싶어 하는 거 같다더군요."

"나를?"

이혁이 어리둥절한 얼굴로 리마를 돌아보았다.

"왜?"

그때 스피커에서 파리행 비행기를 타려는 승객은 탑승

하라는 안내 멘트가 흘러나왔다.

이혁의 시선이 활주로를 향했다.

그가 말했다.

"가자."

리마는 고개를 살짝 저었다.

"보스 먼저 가세요. 저는 아직 이곳에서 해야 할 일이 남았어요."

"무슨 일?"

"테일러가 부탁한 거예요."

"그래?"

이혁은 더 묻지 않았다.

그가 알아야 하는 것이었다면 테일러나 리마가 벌써 이야기를 했을 거라는 걸 알고 있었기 때문이다.

한국을 떠나 수련에 매진하던 그는 사문 무예가 일정 수준에 이른 직후, 팀을 만들었다.

의도했다기보다는 인연이 닿아서 자연스럽게 팀이 되어버렸다는 게 더 사실에 가깝긴 했지만.

팀의 구성원은 테일러와 제라드, 리마였다. 그리고 팀의 명목상 리더는 그였다.

아직 제대로 된 팀 명칭도 없었지만 역할 분담과 전문

성은 세계 최고 수준이었다. 그러나 내부의 분위기는 이 계통에 있는 일반적인 팀과 많이 달랐다.

이혁은 자신이 하는 일을 도울 때를 제외하고는 팀원들의 생활에 전혀 간섭하지 않았다.

지시를 하고 따르는 형태를 취하고는 있어도 팀은 상하관계로 묶여 있지 않았다. 그들은 서로에게 목숨을 맡긴 친구 사이에 가까웠다.

당연히 그가 직접 뛰는 일 이외의 일에 대해서는 보고도 자유였다. 물론, 그가 반드시 알아야 할 내용을 보고하지 않은 경우는 아직 없었지만.

이혁은 자리에서 일어났다.

"간다."

따라 일어선 리마가 이혁을 똑바로 보며 말했다.

"스마트폰 꼭 챙기세요. 이번에는 테일러도 화가 많이 났다고요."

"내 옆에는 시어머니가 너무 많아."

한국말이었다.

"시… 어… 머… 니?"

더듬거리며 따라하는 리마의 눈빛이 으스스해졌다.

말에 담긴 뉘앙스를 파악할 수는 없어도 내용이 그리

유쾌한 게 아니라는 건 어렵지 않게 알 수 있었기 때문이다.

그녀가 말했다.

"보스, 저도 한국말을 배우기 시작한 지 반년이 다 되어가요. 곧! 보스가 중얼거리는 말이 무슨 뜻인지 알 수 있게 될 거라는 거! 잊지 마세요!"

이혁은 재빨리 등을 돌리며 손을 흔들었다. 그리고 걸음을 옮겼다.

소나기가 내릴 때는 피하는 게 현명하다. 이 자리에 더 있어 봐야 비에 젖은 생쥐 꼴밖에 더 되겠는가.

멀어져 가는 그의 등 뒤에 꽂힌 리마의 눈빛이 깊게 가라앉았다.

이혁은 자신을 보는 리마의 시선을 느낄 수 있었다. 이미 감각이 초인지경에 이른 그로서는 모르려야 모를 수 없는 시선이었다.

'언젠가 네가 보통 사람들과 스스럼없이 어울려 살 수 있는 날이 올 거다. 내가 그렇게 만들어주겠다, 리마. 하지만 지금은 어쩔 수 없어. 아직 네가 스스로를 제어할 수 없기 때문에……'

그의 입가에 쓸쓸한 기색이 떠올랐다. 리마는 그의 옆

에 있는 사람들 중 그에게 할 말을 다하는 유일한 사람이었다.

그녀의 성격이 강해서가 아니었다. 그의 기세에서 어느 정도 자유로울 수 있는 유일한 사람이 그녀였기 때문이었다.

'대살기(大殺氣)를 타고난 녀석.'

리마는 평범한 사람 일천 명분의 살기를 한 몸에 가지고 태어난 특이한 체질의 소유자였다.

그 살기가 이혁의 막강한 기세를 견딜 수 있게 해주었다. 그래서 자유로울 수 있었고.

일 때문에 콜롬비아에 머물던 그의 눈에 띄지 않았다면 그녀의 인생은 아마도 지금과 아주 많이 다르게 풀렸을 것이다.

이혁은 리마와 비교할 수 없을 만큼 강한 살기를 내부에 품고 있지만 그것은 수련을 통해 얻은 것이어서 제어가 가능했다.

반면 그녀의 대살기는 태어날 때부터 갖고 있는 것이었다. 게다가 그것을 제어할 수 있는 수련을 받은 적도 없었다.

그가 그녀를 처음 보았을 때 그녀는 자신의 대살기에

완전히 잠식된 상태여서 사람이라고 부르기 어려운 몰골을 하고 있었다.

작은 자극에도 피를 보아야지만 진정되던 소녀.

'그때는 잠깐 고민도 했었지, 널 죽여야 할지 말지를. 네 살기를 평화로운 지역에서 풀 수 있는 방법은 없다. 그런 곳이라면 너는 얼마 못 가서 형장의 이슬로 사라지게 돼. 아이러니하게도 지금의 네가 안전한 곳은 총알이 비처럼 쏟아지는 전장밖에 없다.'

등에 느껴지던 리마의 시선이 사라졌다.

그녀의 시야를 벗어난 것이다.

비행기까지 이어진 통로를 걸으며 이혁은 혀를 찼다.

'처음 만났을 때 그냥 테일러의 보좌나 하라고 했어야 하는 건데. 하필 그 체질이 내 눈에 띄어서는.'

지금의 리마는 처음 만났을 때의 그녀와는 다른 사람이라고 할 정도로 많이 변했다.

그를 죽이겠다고 달려들던 붉은 눈의 광기에 차 있던 소녀를 다시 만날 일은 없을 것이다.

물론 그의 적들은 오히려 더 강하고 무서워진 그녀를 만나야 하겠지만.

'리마는 어떨 때는 시은이 누나보다 더한 것 같다. 요

즘 들어 더 심해지는 것 같기도 하고.'

리마는 그를 만날 때마다 잔소리를 했다. 이혁을 향한 그녀의 잔소리는 세심하고 자상했으며 끝이 없었다.

전장에서 그녀가 어떤 사람인지 아는 사람들이라면 아무도 믿지 않을 일이었다.

물론 그녀의 잔소리에 이유가 없는 건 아니었다.

전투를 떠난 이혁은 가끔 어처구니없는 일들을 벌이곤 해서 팀원들은 그 뒷수습을 하느라 정신이 없곤 했다.

이번 나이지리아 건도 그랬다.

말도 없이 훌쩍 파리를 떠난 그가 팀에 연락을 해온 건 전투가 거의 막바지에 이르렀을 즈음이었으니까.

이혁도 리마의 잔소리가 진심으로 그를 걱정해서 하는 거라는 걸 잘 알고 있었다.

그렇다 해도 자신보다 한참 어린 소녀(?)의 잔소리를 듣기 좋아할 남자가 세상에 몇이나 되겠는가.

그가 연락이 가능한 휴대용 정보 기기를 가지고 다니지 않는 중요한 이유 가운데 하나가 리마의 잔소리였다.

태국 방콕 차이나타운.

앗사당 거리에 있는 랑크라수앙은 우웡나콘카셈과 함

께 방콕에서 가장 큰 장물 시장 중 하나이다.

미로처럼 얽힌 골목의 그늘로 단단한 체격의 양복 사
내가 나타났다. 그는 골목 안에 죽 늘어선 골동품점 중
가장 후미에 있는 가게의 문을 열고 들어섰다.

카운터에 앉아 있던 반백의 노인은 사내를 한 번 힐끔
보고는 무표정한 얼굴로 고개를 돌렸다.

사내는 노인에게 눈짓으로 인사를 한 후 안으로 걸어
들어갔다. 쌓여 있는 골동품 상자들의 뒤로 돌아간 사내
는 벽면의 한쪽을 눌렀다.

아무것도 없던 벽이 스르르 옆으로 밀려나며 허리를
숙여야 통과할 수 있는 작은 출입구가 나타났다.

그곳으로 들어서자 아래로 향한 복도가 보였다.

사내는 익숙한 발걸음으로 아래로 내려갔다.

계단은 길지 않아서 2개 층 정도를 내려가자 끝이 났
다.

사내의 앞에 문이 나타났다

이번 문은 보통의 것과 같은 크기였다.

사내는 문 한쪽에 설치된 인식 장치에 손바닥을 가져
다 댔다.

디링.

어디서 나는지 알 수 없는 기계음이 들리며 문이 열렸다.

문의 안쪽은 긴 복도가 나 있었고, 그 좌우로 다닥다닥 붙어 있는 작은 방들이 보였다.

바닥까지 내려오는 두꺼운 천 하나가 출입구 역할을 하고 있는 조악한 방이었다.

몽롱한 연기로 가득 찬 복도는 여기저기서 들려오는 달뜬 신음 소리와 뒤섞여 역겨우면서도 몽환적인 분위기가 났다.

제국 시대 열강의 침입이 한창이던 시절의 중국 아편굴을 연상시키는 광경이었다.

사내는 복도의 끝으로 걸어갔다.

그곳에는 다른 곳과 달리 철로 된 출입구를 가진 방이 있었다. 사내는 칸막이를 밀고 안으로 들어갔다.

방의 내부는 다섯 평 남짓 되었다.

넓다고 할 수 없는 방엔 남자 여섯 명이 모여 있었다. 하나같이 체격이 건장하고 눈빛이 날카로운 자들이었다.

문의 맞은편에 허름한 철제 책상이 하나 보였다.

책상 뒤에는 검은 안대로 왼쪽 눈을 가린 삼십대 중반의 검은 양복을 입은 남자가 의자에 앉아 시가를 피고 있었다.

　나머지 다섯 명은 그의 앞에 두 손을 모으고 서 있었다. 상하관계가 극명하게 드러나는 구도였다.

　안으로 들어선 사내는 애꾸눈에게 허리를 90도로 꺾으며 말했다.

　"조장님, 회장님께서 찾으십니다."

　애꾸눈 사내, 오진평은 손가락 두 개로 입에 물고 있던 시가를 잡았다.

　허공으로 길게 담배 연기를 뿜어낸 그의 성한 오른쪽 눈이 보고를 한 부하를 똑바로 향했다.

　흰 자위를 종횡으로 가득 채운 붉은 실핏줄이 보는 것만으로도 섬뜩함을 느끼게 하는 눈이었다.

　그가 느릿하게 입을 열었다.

　"대주님께서?"

　오진평의 목소리는 잔뜩 갈라져서 거친 쇳소리가 났다. 못으로 철판을 긁어대는 듯한 어투라 그의 눈을 보며 목소리를 듣고 있으면 저절로 소름이 돋았다.

　"본가에서 임무가 하달되었다고 합니다."

　부하는 긴장된 기색으로 보고를 했다. 별다른 이유가 있어서는 아니었다. 오진평과 마주한 사람이라면 누구나 그와 같은 반응을 보였다.

오진평의 눈빛이 음산한 살기로 물들었다.

부하가 언급한 회장님과 본가의 임무는 불가분의 관련이 있었다. 그리고 그것은 그가 오랜만에 피맛을 다시 볼 수 있게 되었다는 걸 의미했다.

그는 의자에 깊게 기댔던 등을 튕기듯 앞으로 당기며 허리를 세웠다.

"다른 형제들에게도 소집 명령이 내려갔느냐?"

"예, 그분들에게 말을 전할 자들도 저와 동시에 출발했습니다. 한 시간이면 모두 모이실 겁니다."

"모두? 우리 일곱 명 모두에게 소집 명령이 떨어졌다고?"

"그렇게 알고 있습니다."

오진평의 얼굴이 굳어졌다.

그는 자리에서 일어났다. 걸음을 옮기는 그의 얼굴에 스산한 미소가 떠오르며 애꾸눈이 섬뜩한 빛을 발했다.

오진평을 태운 벤츠가 악명 높은 방콕의 교통 체증을 뚫고 도착한 곳은 제일의 번화가 씨암의 센트럴 월드 플라자 부근이었다.

그를 태운 벤츠는 31층 건물의 지하 주차장으로 들어

섰다. 주차표를 뽑는 곳에는 차단기가 내려져 있었다.

하지만 벤츠가 도착할 즈음엔 차단기가 이미 올라가 있었다.

1인용 관리소에 앉아 있어야 할 주차 관리원이 밖에 나와 벤츠를 향해 허리를 90도로 꺾었다.

키가 190센티를 넘고 몸무게도 120킬로그램은 됨직한 주차 관리원의 몸에는 군살이 보이지 않았다.

대신 그 자리는 부푼 근육 덩어리들이 채우고 있었다.

그는 벤츠가 지나간 뒤에야 허리를 폈다. 그리고 관리소 안으로 들어가 차단기를 내렸다.

출입구 위의 전광판에 31이라는 숫자가 들어왔다. 한 번도 멈추지 않고 빠른 속도로 상승을 계속하던 엘리베이터가 서서히 속도를 줄이다가 멈춰 섰다.

문이 열리자 밖에서 기다리던 회색의 정장을 입은 여인이 오진평을 향해 활짝 웃었다.

삼십 전후 여인은 중키에 상당한 미녀였다. 하지만 표정 없는 얼굴과 고양이처럼 끝이 올라간 눈매에서 차갑고 서늘한 기운이 느껴졌다.

그녀는 오진평에게 살짝 허리를 숙여 인사하며 입을 열었다.

"삼조장님, 반가워요. 회장님께서 기다리고 계세요."

"송 실장, 오랜만이군. 다른 형제들은?"

"삼조장님이 네 번째예요."

송정화의 대답을 들은 오진평은 고개를 끄덕이며 걸음을 옮겼다.

상유화의 안내를 받으며 회장실로 들어선 오진평은 넓은 실내의 끝에 눈을 감고 앉아 있는 남자를 향해 손을 모아 포권을 했다.

"대주, 도착했습니다."

인사를 받은 남자가 턱짓으로 자리를 가리켰다.

"앉아라."

한 마디뿐이었다.

그는 다시 눈을 감았다.

"예."

먼저 와 있던 세 명의 사내가 오진평과 눈인사를 나눴다.

자리에 앉은 오진평은 허리를 꼿꼿이 세웠다. 대주라 불린 사내를 제외한 나머지 사람들도 그 자세로 앉아 있었다.

아무도 입을 열지 않았다.

얼마의 시간이 지났을까.

두 명의 사내가 함께 회장실로 들어섰다.

그들까지 자리에 앉은 뒤에야 대주라 불린 남자가 눈을 떴다. 바위 같은 자세를 유지하고 있던 여섯 명의 눈길이 일제히 그를 향했다.

대주인 화이걸이 입을 열었다.

"그동안 본가에서는 유럽에 세를 넓히기 위해 무스펠하임이란 조직과의 연대에 상당한 공을 들여왔다."

오진평을 비롯한 여섯 사내는 귀를 기울일 뿐 어떤 표정 변화도 보이지 않았다.

그들은 무스펠하임이라는 조직을 알지 못했다. 관심도 없었다.

그들도 방콕의 사창가와 마약상들을 관리하는 가문의 하부조직을 이끌고 있었다. 그런 입장에서 본다면 그들의 반응은 이상하리만큼 약했다.

하지만 속사정을 알고 보면 이상할 것도 없었다.

그들의 본업은 조직을 키우고 관리하는 것이 아니었다. 방콕의 조직은 특명이 떨어질 때까지 신분을 감추고 숨어 있기 위한 일종의 위장에 불과했다.

화이걸이 말을 이었다.

"본가에서는 얼마 전부터 무스펠하임과의 연대를 강화하기 위해 두 명의 내원 고수들을 그곳에 상주시키고 있었다고 한다. 그런데 그들이 무스펠하임의 지원 요청을 받고 갔던 나이지리아에서 그들이 중시하는 요인을 경호하던 도중 피습을 당해 살해됐다."

같은 조직원이 해를 입었다는 말을 하는데도 그의 목소리에서는 분노나 살기와 같은 감정이 담겨 있지 않았다.

그 말을 듣는 여섯 사내의 얼굴도 여전히 표정이 없었다. 화이걸의 말에 진심으로 귀를 기울이고 있는 것인지조차 분간이 잘 가지 않았다.

그러나 그런 분위기에 이상함을 느끼는 사람은 아무도 없었다.

그들의 모임 분위기는 언제나 이랬었기 때문이다.

화이걸은 무심한 어투로 계속해서 말했다.

"그곳에서 무스펠하임도 적지 않은 피해를 입었다고 한다. 당연히 그들은 복수를 하기 위해 움직이고 있다. 본가에 계신 분들도 피의 빚을 갚기 위해 그들과 어느 정도 협조를 할 것이다. 유럽 쪽 정보망은 그들이 우리보다 나으니까. 하지만 그분들은 이번 일의 주력은 우리가 되어야 한다고 생각하신다."

그는 여섯 명의 사내와 일일이 눈을 맞추었다.

그들의 눈 깊은 곳에 똬리를 틀고 있는 건 소름 끼치는 살기였다.

임무가 하달될 때 외에는 드러내지 않고 안으로 억누르고 있기에 더욱 강해진 살기가 조금씩 그들의 전신에서 배어 나왔다.

화이걸의 음성이 조금씩 차가워져 갔다.

"본가의 신조는 은혜는 백배로, 원한은 천배로 갚는 것이다. 내원의 고수를 살해한 자는 물론이고 그와 관련된 자라면 그가 누구든, 남녀노소 신분고하를 막론하고 죽인다. 이것은 소천주(小天主)님께서 직접 내리신 척살령이다."

여섯 사내의 입이 동시에 열렸다.

"삭초제근 발본색원(削草除根 拔本塞源)!"

화이걸은 고개를 끄덕였다.

"동남아가 안정되면서 우리가 나설 일은 거의 사라졌다. 본의 아니게 긴 휴가였지. 이제 본가에 다시 각인시켜 주자. 오대(五帶) 중 혈수대(血手帶)가 최강이라는 것을!"

사내들의 눈에 불같은 빛이 이글거렸다.

화이걸은 차갑게 웃으며 말했다.

"목표는 제노사이더라고 불리는 청부업자다. 그에 대한 자료는 오늘 중으로 내게 전달될 것이다. 이번 일의 무대는 유럽이다. 우리에게 익숙한 장소가 아니기 때문에 신중할 필요가 있다."

그의 눈길이 또 한 번 여섯 사내를 훑었다.

그가 말했다.

"각오를 새롭게 하도록. 이번 임무는 유럽인들에게 재앙의 하늘[殃天]이 열렸음을 알리는 좋은 기회가 될 것이다. 휴가는 오늘로 끝이다!"

그는 입을 다물고 자리에서 일어섰다.

여섯 사내도 일어섰다.

긴 휴가를 즐기던 일곱 명의 남자, 아시아의 암흑가 인물들이 그림자만 보아도 공포에 떨었다는 앙천 혈수대 소속의 살귀들이 본업으로 복귀하는 순간이었다.

*　　　　*　　　　*

프랑스 파리에서 북쪽으로 25킬로미터 정도를 가면

런던의 히드로 공항과 함께 유럽에서 가장 많은 사람이 이용한다는 샤를 드골 공항이 나온다.

출입국 게이트를 벗어난 이혁은 대기선 밖에서 자신을 보며 빙그레 웃고 있는 중년의 백인 남자를 볼 수 있었다.

사십대 중후반으로 보이는 백인 남자는 흔하게 볼 수 있는 외모와 복장을 하고 있었다.

그래서인지 주변 사람들 중 한 번 이라도 그를 돌아보는 사람을 찾기 어려웠다.

이혁이 그를 보며 마주 미소 지었다.

"테일러, 나와 있을 거라고는 생각하지 못했는데."

테일러가 웃으며 말을 받았다.

"머리도 식힐 겸 산보하는 셈치고 나왔습니다."

주차장으로 가며 테일러가 지나가는 어투로 이혁에게 말을 걸었다.

"보스 때문에 나이지리아가 아주 시끄럽더군요."

"내가 가기 전에도 조용하다고 할 수 있는 나라는 아니었어."

"그렇긴 하지만요. 후후후."

테일러의 말끝에 따라붙은 웃음소리는 평소와 다른 뉘

앙스를 풍겼다. 그것을 알아차린 이혁이 눈을 가늘게 뜨며 물었다.

"그 웃음소리, 듣기 아주 별론데. 무슨 뜻이야?"

"별뜻 없습니다."

이혁은 테일러와 어깨동무를 했다.

테일러의 키는 180센티 정도라 그보다 어깨가 낮았다. 그래서 이혁은 자연스럽게 테일러의 어깨를 자신 쪽으로 당길 수 있었다.

그가 테일러의 귀에 입술을 가져다 대고 말했다.

"우리가 알고 지낸 세월이 벌써 4년이 넘는다고. 사실대로 말하는 게 어때?"

테일러가 어쩔 수 없다는 듯 어깨를 으쓱하며 대답했다.

"하루카가 보스를 기다리고 있습니다. 밤마다 하늘을 보며 맥주를 마시는데 그 자세가… 한국말로는 오매불망이라고 하던가요? 그런 분위기입니다."

이혁은 미간을 찡그렸다.

"하루카가 나를?"

"모르셨습니까?"

"며칠 같이 있지도 않았다. 장소도 핏물이 낭자하고 조각난 시신들로 탑을 쌓아도 되는 곳이었고. 로맨스 같은 감정이 끼일 여지가 있었겠어?"

"어련하셨겠습니까."

테일러는 뭐가 그리 흥겨운지 웃음기 어린 목소리로 이었다.

"보스가 제일 먼저 하실 일은 그녀를 만나는 겁니다."

"왜 그래야 하지?"

"그녀가 가여우니까요. 원 사이드 러브는 무척 괴로운 겁니다, 보스."

"훗!"

이혁은 어처구니없다는 듯 비웃었다.

테일러는 정보 분야의 스페셜리스트였지만 일에 임할 때는 이혁 못지않게 무자비한 면모를 보여주는 인물이기도 했다.

그래서 이혁은 그가 누군가를 가여워 할 수 있을 거라는 생각은 꿈에서조차 해본 적이 없었다.

테일러가 가져 온 차는 푸조에서 만든 대형차였다.

운전석에 탄 테일러가 이혁을 돌아보았다.

입을 여는 그의 얼굴은 좀 전과 달리 진지해져 있었다.

"보스가 파리를 떠나시기 전에 제게 지시하셨던 거, 기억하시죠?"

제11장

"쿠메를 말하는 건가?"

테일러는 싱긋 웃으며 고개를 끄덕였다.

"예."

"뭔가 나왔나?"

"보스의 예감이 맞았습니다. 주변을 뒤져 보니 우연을 가장해서 그 아이를 보스에게 보낸 자들이 있더군요. 꽤 흥미 있는 자들이었습니다."

이혁이 그를 돌아보았다.

미소가 사라진 얼굴은 차갑게 굳어 있었다.

그가 테일러에게 물었다.

"어떤 놈들이지?"

"'Circle of light(빛의 고리)' 라는 조직입니다."

"십여 년 전 무스펠하임과의 싸움에서 패한 뒤로 사라졌다고 하는 그 조직을 말하는 거냐?"

"그렇습니다."

이혁의 눈빛이 깊어졌다.

묵묵히 생각에 잠겼던 그가 입을 연 건 5분 정도가 지난 후였다. 그는 고개를 돌려 테일러를 보았다.

깊고 강한 눈빛이었다.

그의 시선을 받은 테일러의 얼굴이 굳어졌다.

이혁이 말했다.

"알고 있는 거지?"

밑도 끝도 없는 질문이다. 하지만 테일러는 이혁의 질문에 담긴 뜻을 바로 알아들었다, 예상했던 질문이기도 했고.

그는 고개를 조금 숙이며 대답했다.

"처음부터는 아니었습니다만 곧 알게 되었습니다."

"그랬겠지. 계속 몰랐다고 대답했으면 실망했을 거야."

그는 떨떠름한 목소리로 말을 이었다.

"외부인들 중 내 이름을 아는 자들은 있어도 동선을 파악하고 있는 자는 없다. 제이슨이나 독수리의 마스터도 내가 어디 있는지 정확한 정보를 갖고 있지는 못해. 그런데도 쿠메는 내게 왔다. 내가 믿는 사람 중에 누군가가 내 위치에 대한 정보를 누설하지 않았으면 일어날 수 없는 일이지."

테일러는 고개를 아래위로 주억거리며 말을 받았다.

"맞습니다. 당시 보스가 어디 있는지 확실하게 알고 있는 사람은 우리들 중에서도 몇 되지 않았죠."

"그들에게 나에 대해 알려준 사람이 누구야?"

이혁이 전후 사정을 다 짐작하고 있는 이 마당에 더이상 숨길 게 무엇이 있을까.

테일러는 순순히 대답했다.

"대모님이십니다."

"멜리사가?"

"예."

이혁은 눈살을 찌푸리며 손으로 이마를 짚었다.

"그분이 왜?"

"짐작이 가는 게 있긴 합니다만 저보다는 대모님께 직접 들으시는 게 낫지 않겠습니까?"

"라 마들렌에 계시나?"

라 마들렌은 파리의 콩코르드 광장 북쪽에 있는 생 마리 마들렌 성당의 애칭이다.

테일러는 고개를 끄덕였다.

"예."

"거기로 가자."

"모시겠습니다."

"난 눈 좀 붙이겠다."

이혁은 눈을 감았다.

생 마리 마들렌 성당을 처음 본 사람들은 그 양식의 독특함에 감탄하게 된다.

마들렌 성당의 외부는 20미터 높이의 코린트식 열주 52개로 둘러싸여 있다. 그 모습이 고대 그리스의 파르테논 신전과 흡사해서 해마다 수많은 관광객이 성당을 찾는다.

이혁은 성당 입구의 계단에 아무렇게나 털썩 앉았다. 그와 함께 온 테일러는 평범한 관광객처럼 주변을 두리번거리며 성당을 구경하는 척했다.

이혁의 뒤로 성인 대여섯 명이 손을 마주잡아야 간신히 한 바퀴를 두를 수 있는 거대한 열주들이 죽 늘어서 있는 게 보였다.

서편으로 기울어가고 있는 햇살은 따스했고, 계단 좌우의 화단에 핀 꽃들은 화사한 향기를 내뿜었다.

평화로운 광경이었다.

계단을 내려오는 발자국 소리가 들렸다. 그 소리는 이혁의 등 뒤에서 멈췄다.

"정말 보기 힘든 표정을 하고 계시는구먼."

너무 맑아서 듣는 이의 마음까지 깨끗하게 만드는 듯한 여인의 목소리가 들렸다.

이혁은 어느새 자리에서 일어나 몸을 돌리고 있었다.

150센티미터도 채 되지 않을 거 같은, 자그마한 늙은 여인이 그를 올려다보며 해맑게 웃고 있었다.

수수한 아이보리색 원피스를 입고 있는 노파의 얼굴엔 주름이 가득했고, 곳곳에 검버섯까지 피어 있었다. 웃으면서 드러난 잇몸에도 이가 몇 개 남아 있지 않았다.

나이를 쉽게 짐작하기 어려울 정도로 늙은 여인이었다. 하지만 그녀의 흑백이 뚜렷한 눈동자엔 어린아이의 그것처럼 생명력이 가득했다.

눈을 마주하고 있는 것만으로도 마음에 기운이 차오를 것 같은 기분을 느끼게 하는 노파였다.

"왜 그러셨어요?"

이혁이 퉁명스러운 어투로 물었다.

멜리사는 대답을 하지 않았다. 그저 늘 그렇듯이 온화하게 웃으며 이혁의 옆을 지나쳐 걸어갈 뿐이었다. 산보라도 나온 것처럼 느린 걸음이었다.

이혁이 그 뒤를 따랐다.

마들렌 성당의 주변을 둘러싸고 있는 길을 걸으며 멜리사가 입을 열었다.

"아이의 언니를 구한 게 마음에 들지 않으신 겐가?"

"그런 말이 아니란 거 아시잖습니까."

멜리사는 이혁을 올려다보며 빙그레 웃었다.

이혁은 자신도 모르게 그녀를 따라 미소 지으려는 자신의 표정을 의식하고는 얼굴에 힘을 주었다.

그의 얼굴이 딱딱해졌다.

"아무리 귀엽게 웃으셔도 이번 일은 그냥 넘어가지 않을 겁니다, 멜리사. 제가 영문 모르고 휘둘리는 걸 얼마나 싫어하는지 잘 아시잖아요!"

목에 잔뜩 힘이 들어간 목소리였다. 그렇게 힘을 주기 위해서 그는 핀과 알리나를 상대할 때보다도 더 마음을 단단히 먹어야 했다.

멜리사의 주름 가득한 미소는 사람의 마음을 밝게 만드는 힘이 있었다. 많은 사람이 기적이라고까지 말하는 그녀의 미소를 보면서 화를 내는 건 하늘의 별을 따는 것보다 더 힘든 일이었기 때문이다.

멜리사는 여전히 웃으며 말을 받았다.

"음… 그건 미안하게 됐네. 자네가 나이지리아에서 어떤 일을 했는지는 테일러에게 대충 얘기를 들었네. 고생을 많이 했더구만. 내가 싫어하는 일, 사람도 많이 죽였고."

"그럼 얘기해 주십시오. 저한테 왜 그러신 겁니까?"

"자네니까 그랬지."

"멜리사, 아세요? 멜리사가 아닌 다른 사람이었으면 벌써 저한테 한 대 맞았을 겁니다. 아주 세게요."

이혁은 꽉 움켜 쥔 주먹을 멜리사의 눈앞에 위협적으로 들이밀며 말했다. 하지만 그의 위협은 전혀 통하지 않았다.

멜리사는 눈앞에 있는 이혁의 주먹을 두 손으로 부드럽게 감싸 쥐었다.

"때리기만 했을까. 숨을 쉬는 것도 허락하지 않았겠지."

말은 살벌했지만 그녀의 얼굴엔 손자의 재롱을 보는 할머니의 그것과 비슷한 표정이 떠올라 있었다.

힘없이 주먹을 내린 이혁은 속으로 고개를 저었다.

이 세상에서 그를 두려워하지 않는 몇 안 되는 사람 중한 명이 눈앞에 있는 멜리사였다. 그리고 무슨 짓을 해도 이혁이 미워할 수 없는 사람 중의 한 명이기도 했다.

그녀는 이혁 주변에 있는 테일러를 비롯, 뛰어난 재능과 강력한 힘을 갖고 있는 여러 사람이 목숨보다 더 사랑하는 대모였다.

그리고 한국을 떠난 후 독불장군처럼 움직이던 이혁이 팀을 만들 마음을 먹게 만든 사람이었다.

멜리사는 가만히 이혁의 팔에 팔짱을 끼며 걸음을 옮겼다.

십여 걸음을 그렇게 걷기만 하던 그녀가 입을 열었다.

"켄."

"이혁입니다, 멜리사."

퉁명스러운 반응.

멜리사는 손바닥으로 입을 살짝 가리며 웃었다.

"호호호, 레나가 자네를 보면 좋아서 어쩔 줄 몰라 하는 게 이해가 간다니까."

이혁은 인상을 잔뜩 썼다. 하지만 멜리사는 그의 얼굴이 어떻든 조금도 신경을 쓰지 않았다.

그녀가 말을 이었다.

"나는 켄이 서구 세계에 관심이 많지 않다는 걸 잘 알아. 조만간 고향으로 돌아갈 생각이라는 것도."

"할 일이 있습니다."

"알아."

멜리사는 고개를 끄덕였다.

"그래서 켄에게 나이지리아에 갈 기회를 준 거야."

"아까도 그런 말씀을 하셨는데 설명을 해주십시오. 전주먹은 몰라도 두뇌는 보통 사람입니다. 그렇게 얘기의 앞뒤를 잘라 먹으시면 못 알아듣습니다."

영락없는 시비조다.

멜리사는 또 입으로 손을 가리고 웃었다. 이혁의 반응이 무척 재미있는 듯 웃고 있는 그녀의 주름진 눈매가 반달처럼 휘어졌다.

길가에 놓여 있는 긴 의자가 보였다.

"좀 앉을까?"

얼마 걷지 않았는데도 멜리사는 힘겨워 하는 기색이었다.

"그러시죠."

말은 퉁명스러워도 멜리사를 내려다보는 이혁의 눈에는 안쓰러워하는 빛이 떠올라 있었다.

아무도 멜리사의 나이가 몇 살인지 알지 못했다.

이혁의 주변에서 멜리사를 가장 오래 알고 지낸 사람은 테일러였다.

믿기 어렵게도 그는 자신이 처음 만났던 열네 살 때도 그녀는 지금의 모습이었다고 했다.

그녀가 말을 하지 않아 정확한 사실을 알 수는 없었다. 하지만 분명한 건 그녀의 나이가 굉장히 많다는 것이었다. 기억력을 비롯한 정신능력도 평범한 사람은 상상할 수도 없을 만큼 뛰어났다.

그런 신비로움에도 불구하고 그녀의 체력은 보통 노인보다 크게 나을 게 없었다.

"무스펠하임은 삼십여 년 전 스칸디나비아 반도의 덴마크에서 시작된 작은 오컬트 연구 모임이었다네. 모임의 명칭에서 알 수 있듯이 북구신화에 심취한 사람들이 회원이었지. 지금 같은 범죄 조직은 아니었다네."

멜리사가 서론을 생략하고 바로 본론으로 들어가려는 기색이어서 이혁은 조용히 귀를 기울였다.

그녀의 말이 이어졌다.

"그들이 조금씩 변하기 시작한 건 대략 이십여 년 전부터였네. 불과 3년도 채 안되어서 북구의 범죄 조직들이 그들의 영향력하에 들어갔지. 북유럽이 자신들의 손에 들어왔다고 판단한 그들은 남하했네. 자네도 짐작할 테지만 중부 유럽의 거대 범죄 조직들이 가만있을 리 없었지. 1년간 이어진 전쟁의 첫 승자는 무스펠하임이었네."

잠시 말을 멈춘 그녀가 이혁을 돌아보며 물었다.

"왜인지 알겠나?"

"통일된 조직과 그렇지 않은 조직들 간의 전쟁 결과야 뻔하죠."

이혁의 대답에 멜리사는 고개를 끄덕였다.

"맞네. 무스펠하임은 단일화된 조직이었고, 그들과 싸운 중부 유럽의 범죄 조직들은 모래알처럼 흩어져 있었지. 일개 지역을 장악한 조직이 북유럽을 장악한 거대 조직과 싸워 이긴다는 건 불가능한 일이었네. 게다가 무스펠하임이 보유하고 있는 초상능력자들, 그들이 무스펠이라고 부르는 자들과 같은 전투원을 보유하고 있지 못한 조직이 그들을 상대로 승리를 할 가능성은 애당초 전혀 없었네."

멜리사는 작은 손을 허벅지 위에 가지런히 올려놓으며 말을 이었다.

"하지만 전쟁은 무스펠하임의 생각처럼 쉽게 끝나지 않았네. 싸움이 끝을 향해 달려갈 무렵 'Circle of light(빛의 고리)'라는 조직이 무스펠하임의 핵심 요원들을 무차별로 공격했네. 두 번째 전쟁의 시작이었지. 결과는 무스펠하임의 패배로 끝났네."

이혁은 눈살을 찌푸리며 고개를 갸웃하고 물었다.

"하지만 현재 유럽 범죄 조직들을 배후에서 쥐고 흔들고 있는 건 무스펠하임이지 않습니까? 그리고 제가 알기로는 10년쯤 전 빛의 고리는 무스펠하임에게 궤멸적인 타격을 입고 사라졌다던데요?"

멜리사는 빙긋 웃으며 대답했다.

"자네 말이 맞아. 그리고 그건 세 번째 전쟁의 결과라네."

"세 번째 전쟁이요?"

멜리사는 고개를 끄덕였다.

"그렇다네. 두 번째 전쟁에서 패한 무스펠하임은 10년 전 러시아 조직과 손을 잡고 빛의 고리를 공격했네.

그게 세 번째 전쟁이야. 그때 빛의 고리는 전력의 대부분이 전멸당하는 치명적인 타격을 입고 세상에서 사라졌지."

입을 닫은 멜리사는 온화한 눈으로 사방을 돌아보았다. 동서양이 섞인 많은 사람이 마들렌 성당 주변에 있었다.

그들은 삼삼오오 모여 사진을 찍거나 웃고 떠들면서 어디론가를 향해 가고 있었다.

멜리사가 입을 열었다.

"첫 번째 전쟁이 벌어졌을 때는 각국의 공안 기관들이 범죄 조직들을 주목하면서 막으려는 활동을 했었네. 하지만 두 번째와 세 번째 전쟁은 세상의 이면을 들여다보는 자들만이 알아차렸을 뿐, 각국의 공안 기관조차 알지 못한 채 넘어갔네. 보통 사람들은 말할 것도 없고. 그들의 전쟁은 무시무시했지만 아주 조용하게 이루어졌거든."

이혁은 쓰게 웃었다.

"사람들은 알아도 모른 척할 겁니다. 그들의 주력 전투 부대는 초인들로 구성되어 있습니다. 보통 사람들이 어떻게 할 수 있는 자들이 아닙니다. 그저 그들이 밝은 햇살 속으로 뛰쳐나오지 않기를 바라는 게 사람들이 할 수 있는 전부일 겁니다."

멜리사의 얼굴에도 쓸쓸한 빛이 떠올랐다.

그녀가 말했다.

"맞네. 그것이 자네가 그리 좋아하지 않을 거라는 걸 잘 알면서도 내가 이런 자리를 만들게 된 이유라네."

이혁의 눈빛이 강해졌다.

멜리사가 말을 이었다.

"무스펠하임이 햇살 속으로 걸어 들어오려 하고 있다네."

"무슨 말씀입니까?"

"무스펠하임은 지금까지 세상의 이면에서 영향력을 행사할 뿐이었네. 어떤 공적 기관이든 사적 기관이든 그들의 운영에 조직원들이 참여한 적은 없어. 공개적으로 지분을 확보한 적도 없고. 그런데 최근 그들이 변하고 있네."

말을 잇는 멜리사의 눈가에 그늘이 졌다.

"나이지리아에서 아디마의 쿠데타가 성공한 후 어떤 일이 벌어졌을 것 같은가?"

"군부독재겠죠. 아디마는 무스펠하임에 지속적으로 이

권을 넘겨주었을 거고요."

멜리사는 고개를 저었다.

"아닐세."

"예?"

"자네가 말한 건 본질과 거리가 먼 지엽적인 것에 불과하네. 아디마는 쿠데타 성공 후 1년 뒤에 자진 하야할 예정이었네. 민간에 권력을 이양하고 말이네. 그의 역할은 1년 동안 나이지리아의 모든 권력기관을 무스펠하임에 넘기는 것일 뿐이었네. 무스펠하임은 나이지리아의 이권이 아니라 그 나라 자체를 원한 걸세."

"다른 나라도 많은데 왜 하필 아프리카에 있는 후진국인 나이지리아를?"

"경험을 쌓기 쉬우니까. 나이지리아는 내부 정세가 아주 복잡하고 변수가 상존하는 나라네. 관리가 쉽지 않지. 그 만큼 다양한 경험을 할 수 있는 나라기도 하고. 무스펠하임은 본격적으로 세상의 전면에 나서기 전에 국가를 경영하는 경험을 쌓기를 원했네. 그 실험의 장으로 나이지리아가 선택되었던 거지."

이혁은 다리를 꼬며 팔짱을 꼈다.

그는 멜리사와 대화하며 자신이 나이지리아에서 했던

일의 여파가 어디까지 미칠 수 있는 것인지 확실하게 깨
달았다.

그가 말했다.

"스케일이 장난 아닌 자들이군요."

"그렇긴 하지."

"무스펠하임이 저 때문에 엄청나게 열받았겠죠?"

"당연하지. 그들은 '빛의 고리'와의 싸움에서 이긴 후
로 최근 십여 년 동안 나이지리아에서와 같은 좌절을 겪
은 적이 없는 자들이네."

"지옥 끝까지 쫓아서라도 절 죽이려 하겠군요."

"물론일세. 절대 중도에 포기하지도 않을 걸세. 끈기
라면 그들도 중국 고사에 나온다는 '와신상담'을 얼마든
지 할 수 있는 자들이니까."

이혁은 떨떠름한 표정으로 멜리사를 내려다보며 말을
받았다.

"음, 그런데 무척 유쾌해 하시는 듯하군요."

"그렇게 들리는가?"

"예."

멜리사는 트레이드마크인 봄볕처럼 따스한 미소를 지
으며 입을 열었다.

"감정을 숨기는데 익숙하지가 않아서 말이야. 하지만 조금도 미안하지 않네."

"미안해해야 하는 거 아닙니까?"

"글쎄, 얘기를 끝까지 듣고 나면 자네는 내게 고마워해야 할 걸?"

"그럴 거 같지 않지만, 어쨌든 듣죠. 계속하십시오."

멜리사는 빙그레 웃으며 입을 열었다.

"무스펠하임은 가공할 전투력을 보유하고 있지만 자네도 아는 것처럼 세상에는 그에 못지않은 조직들이 더 있다네."

이혁은 고개를 끄덕였다.

멜리사가 말을 이었다.

"무스펠하임에 필적하는 힘을 보유한 것으로 추정되는 조직은 유럽과 아프리카, 서러시아 쪽에는 '빛의 고리' 와 '현인회(賢人會)' 가 있고, 아시아에는 중국을 거점으로 하는 '혈해' 와 '앙천', 그리고 일본의 '제천회' 와 '타이요우' 가 있네. 자네 고향의 '태양회' 도 최근 전력이 강화되었다는 얘기가 있지만 원체 약체라 신경 쓸 정도는 못되고."

"그들만 있는 것도 아니죠."

"그렇지. 신대륙 쪽에는 마스터가 이끄는 '독수리의 발톱'과 남미 범죄 조직의 실질적인 배후인 '비라코챠'가 있어. 강대국이라 불리는 나라들도 소규모이긴 하지만 초상능력자들을 체계적으로 관리한 지 벌써 수십 년이 되었고. 게다가 아직 나도 알지 못하고 있는 자들, 드러나지 않은 자들도 여럿 있지."

"그런데 왜 그들 얘기를 하시는 겁니까?"

"무스펠하임이 '앙천'과 협력하고 있다는 정보가 있네."

멜리사의 대답에 이혁의 눈이 조금 커졌다.

유럽에서 앙천의 이름을 듣게 될 거라고는 생각지도 못하고 있던 터라 멜리사의 말은 그에게 적지 않은 놀람으로 다가왔다.

"앙천과 말입니까?"

"혹시 나이지리아에서 동양인들을 만나지 못했나? 앙천의 인물들 몇이 무스펠하임을 지원하기 위해 나이지리아에 갔다는 말이 있었거든."

그녀가 말하는 동양인이 단순한 관광객일 리는 없었다.

이혁의 눈이 반짝였다.

아디마를 제거할 때 그의 앞을 막아서던 두 명의 동양인이 뇌리에 떠오른 것이다.

그의 눈에 찰 정도의 솜씨는 되지 않았어도 꽤 쓸 만한 수준까지 무술을 수련한 자들이었다. 그들을 쓰러뜨리면서도 어째서 그 자리에 동양인들이 있던 건지 의아해 했던 게 사실이었다.

이제 그 의문의 해답을 얻은 것이다.

그는 고개를 끄덕이며 말했다.

"아디마를 경호하던 두 명의 동양인을 보았습니다. 중국 무술과 살인 기법을 체계적으로 수련한 자들이었죠."

"그들은 '앙천'에서 보낸 자들이었을 거네."

이혁은 쓰게 웃었다.

"그럼 저는 앞으로 무스펠하임과 앙천이 보낸 히트맨들을 상대해야겠군요."

"그럴 걸세."

"거 참… 조용할 날이 없네요."

이혁은 두 다리를 쭉 뻗으며 벤치에 등을 한껏 기댔다.

"라케시스가 자네를 너무 사랑하는 게 아닐까 하네."

라케시스는 그리스 신화에 나오는 세 명의 모이라이(운명의 여신) 중 둘째를 뜻한다. 그녀는 운명의 실을 짜고 감으며 삶의 변화를 조율하는 여신이다.

"사디즘에 빠진 할머니 여신의 사랑은 진심으로 사양하고 싶군요."

"사양할 수 있다면 운명이라고 할 수 있겠나, 호호호."

"멜리사, 지금 굉장히 얄밉게 말씀을 하고 계시다는 거 알고 계시죠?"

"그럼."

멜리사는 고개를 크게 끄덕였다.

"일부러 그렇게 말하고 있는 건데, 자네가 못 느꼈다면 서운했을 거야."

"진짜……."

이혁은 다리를 모으고 앉았다.

그의 어깨가 축 늘어졌다.

멜리사는 팔을 끝까지 들어 올려 구부정해진 이혁의 어깨를 안아 자신 쪽으로 당기며 말했다.

"고난이 없으면 영웅도 없다네."

"전 영웅도 아닐뿐더러 그 근처에도 가고 싶지 않은 사람입니다."

이 말은 이혁의 진심을 그대로 드러낸 것이었다.

"자네가 아니면 무스펠하임은 하고 싶은 걸 마음껏 하게 될 게야. 그렇게 되면 수많은 사람이 죽거나 다칠 거고. 많은 아이가 부모를 잃고 고통 속에 살게 돼. 나는 자네가 그걸 막아주었으면 한다네."

"말씀하시는 상대가 저라는 걸 잊으신 거 같습니다."

이혁은 두 손을 멜리사의 눈앞에 들어 올리며 말을 이었다.

"지금까지 이 손으로도 몇인지 모를 정도로 많은 아이를 고아로 만들었습니다. 후회도 하지 않습니다. 앞으로도 마찬가지일 겁니다. 멜리사, 제가 말씀하신 것과 같은 휴머니즘을 가슴속에 품고 살아가는 스타일이 아니라는 거 잘 알잖습니까."

멜리사는 부드럽게 웃으며 고개를 가로저었다.

"세상의 모든 사람을 고통에서 구원할 수 있는 존재는 없어. 주어진 자리에서 최선을 다한 뒤에 그 결과를 받아들일 수 있을 뿐이지."

"가능한지도 의심스럽지만 저는 다른 사람을 구원해 줄 생각이 없습니다, 멜리사."

"켄이 그런 생각을 갖고 있지 않다고 실망하거나 하지는 않아. 그럴 필요가 없으니까. 내가 하는 말이 구태의

연하게 들릴 거라는 걸 알아."

멜리사의 표정은 한결같이 온화했다.

"하지만 나도 켄과 생각이 같아. 사람은 오직 자신만
이 스스로를 구원할 수 있어. 부처도, 예수도, 마호메트
도 사람들을 구원하지는 못했잖아. 그저 사람들에게 그
것이 가능할 수도 있다는, 기회를 부여하고 길을 보여주
었을 뿐이지. 선택은 사람들 개개인의 몫이니까."

멜리사는 부드러운 눈으로 이혁을 올려다보며 말을 이
었다.

"그리고 나는 켄에게 무언가를 강요할 생각이 없어.
그런다고 자네가 순순히 내 말을 들을 사람도 아니고. 단
지 나는 자네가 무언가를 선택할 때 더 많은 선택지를 앞
에 두고 있기를 바랄 뿐이야. 그것이 훗날 자네가 지난날
을 돌아보며 갖게 될지도 모를 후회와 아쉬움을 줄여줄
수 있다는 걸 잘 알거든."

이혁은 멜리사의 작은 어깨를 안았다.

"단순하게 사시는 게 어떻겠습니까? 그렇게 많이 생각
하고 보면서 살기에는 연세가 너무 많아요. 세상이 그렇
게 아름다운 것도 아닌데 애착을 끊지 못하십니다."

"자네가 아이를 낳은 적이 없어서 그래. 내 자식들이

사는 세상이라면 부모는 설령 그곳이 지옥이라 해도 관심을 끊지 못해. 그건 의지의 문제가 아니야. 처음부터 불가능한 일이라네."

멜리사의 주름이 자글자글한 얼굴에 따스한 미소가 떠올랐다.

"지금까지 몇 명이나 키우신 겁니까?"

이혁의 뜬금없는 질문을 받은 멜리사가 고개를 작게 갸웃거리다가 대답했다.

"글쎄… 직접은 몇만 정도… 간접적으로 키운 아이들까지 합치면 몇백만은 가볍게 넘을걸. 한두 해 동안 해온 일이 아니잖아. 요 몇 년 동안은 자네가 많이 도와줘서 전보다 일이 수월해졌어. 이번에도 제라드가 3천만 불 가까운 돈을 보냈더구만. 이번에 나이지리아에 갔을 때 자네가 확보한 거지? 항상 고맙게 생각하고 있다네."

"죽은 자들에게는 아무 의미가 없는 돈이었습니다."

이혁은 나이지리아에서 유스푸를 비롯한 무장 단체 수뇌부와 아디마를 제거하며 그들로부터 해외로 빼돌려 은닉한 자금을 얻을 수 있는 방법을 알아냈다.

그렇게 확보한 자금의 대부분은 제라드를 통해 멜리사

에게 전해졌다.

멜리사와 그녀의 친구들은 이혁이 만들어준 돈으로 전 세계의 고아들과 미혼모들을 눈에 띄지 않는 방법으로 돕고 있었다.

물론, 자금원이 이혁만은 아니다. 이혁은 멜리사와 친구들을 돕는 여러 명 중 한 명이다.

"그런데 '빛의 고리'와는 어떤 관계이신 겁니까?"

멜리사는 살짝 입을 가리고 웃었다. 그녀의 눈이 반달처럼 휘었다.

"호호호, 눈치챘었나?"

"전쟁에서 패한 후로 '빛의 고리' 소속의 인물들은 세상에서 완전히 사라지다시피 했다고 알고 있습니다. 전에 제이슨과 레나가 '빛의 고리' 사람을 만나고 싶은데 연결선을 찾을 수가 없다고 말하는 걸 들은 적이 있습니다. 테일러가 그들의 흔적을 발견하긴 했습니다만 그도 접선이 가능한 인물은 아직 찾지 못하고 있죠."

이혁은 심드렁한 어투로 말을 이었다.

"아무리 멜리사라 해도 그렇게 철저하게 숨어 있는 조직을 의도대로 움직이게 하는 건 쉬운 일이 아니겠죠. 그들의 수뇌부에 직접적인 영향력을 미칠 수 있지 않다면 어떻게 그들을 멜리사의 뜻대로 움직일 수 있었겠습니까."

멜리사는 생각에 잠긴 눈으로 지나가는 사람들을 바라볼 뿐 잠시 말이 없었다.

" '빛의 고리' 는 내 아이들이 만든 조직이라네. 오래되었지. 150년쯤 되었을 거야. 계속 연락해 오다가 30년쯤 전부터 하는 짓이 마음에 들지 않아서 관심을 끊었네. 그러다가 얼마 전에 그 아이들을 우연찮은 기회에 볼 수 있었네. 먼발치에서 본 것이긴 하지만 많이 반갑더군."

"만나지 않으신 겁니까?"

멜리사는 고개를 끄덕였다.

"그 아이들은 내가 원치 않는 방향으로 너무 멀리 가버렸네. 나와 그 아이들은 만나서 좋게 헤어질 수가 없는 사이가 되어버렸어. 마침 그 즈음 친구 몇 명이 무스펠하임의 움직임에 깊은 우려를 표명하더군. 나는 그 얘기를 듣자마자 '빛의 고리' 아이들이 생각났네. 자네도 함께 말일세."

그녀는 이혁을 보며 작게 웃었다.

"자네에게 직접 말했다면 편했겠지만 그런 시도는 할 수 없었네. 자네가 전혀 귀를 기울이지 않았을 거라는 걸 잘 아니까."

이혁은 쓰게 웃었다.

멜리사의 말이 맞았다.

만약 그녀가 무스펠하임에 관해 지금처럼 말을 하며 어떤 식으로든 행동해 줄 것을 요청해 왔다면 그는 들은 척도 하지 않았을 것이다.

하지만 지금은 나이지리아에서 그들이 어떻게 움직이고 있는지를 몸으로 직접 겪었기에 그는 그녀의 말에 귀를 기울일 준비가 되어 있었다.

그래서 세상에는 급할수록 돌아가는 게 더 빠른 경우가 있다는 속담이 전해내려 오는 것이리라.

이혁이 물었다.

"전체 그림을 멜리사가 그렸던 겁니까?"

멜리사는 고개를 저었다.

"아니, 나는 자네가 머무는 장소에 대해서만 그들에게 슬쩍 흘렸을 뿐이라네. 수뇌부에 직접 전해질 수밖에 없는 경로를 통해서 말일세. 뒷일은 그 아이들이 알아서 했지. 그 정도는 할 줄 아는 아이들일세. 아이들은 내가 개입한 사실조차 알지 못하고 있을 게야."

그녀는 근심스럽게 변한 얼굴로 이혁을 보며 말을 이

었다.

"그 아이들을 미워하지 말아주었으면 하네. 그들도 나름대로 바른 길을 걸으려고 애쓰고 있다네. 무스펠하임과 전쟁을 하게 된 것에도 피치 못할 사연이 있다고 들었네. 그 내용이 뭔지는 몰라도 당시 그들은 굉장히 분노하고 있었어. 그렇지 않았다면 전쟁 같은 짓을 할 아이들이 아닐세."

이혁은 팔짱을 꼈다.

파리는 어둠 속으로 조금씩 잠겨가는 중이었다.

하루 일을 마치고 집으로 돌아갈 시간이었지만 라 마들렌 성당 주변은 환할 때보다도 더 북적거렸다.

밤의 조명을 받는 라 마들렌 성당의 열주들은 흔히 보기 어려운 장관을 연출했다. 그것을 보기 위해 파리 시민들과 관광객들이 모여드는 것이다.

5년 전 한국을 떠난 후 이혁은 2년 동안 제이슨이 미국의 로키 산맥 깊은 곳에 마련해 준 장소에서 폐관 수련했다.

3년째가 되던 해부터는 전 세계를 돌아다니며 사문의 무예를 수련했다.

그가 수련을 위해 택한 방법은 청부를 받아 수행하는

것이었다.

청부는 난이도가 높은 것만을 골라 받았다. 간혹 대규모 전투에도 참여하긴 했지만 주로 암살과 소규모 전투가 중심이 되었다.

일거리는 얼마든지 있었다.

한국과 미국에서 느꼈던 평화는 그곳만의 평화였다.

세계는 혼란스러웠고, 지구 곳곳은 낭자한 유혈로 붉게 물든 전쟁터였다.

세상은 원한과 증오가 넘쳐났다.

그가 청부업자로 지낸 세월은 1년 이었다.

그 후 지금까지 2년 동안 그는 거부하기 곤란한 상대로부터의 부탁을 제외하고는 청부를 거의 받지 않았다. 대신 흥미를 느끼는 일에 자진해서 뛰어들었다. 물론, 그 일은 어떤 형태로든 전투와 관련이 있는 것들이긴 했다.

암왕사신류의 무예는 산속에 틀어박혀서 폐관 수련한다고 해서 진보하지 않는다. 분명 일정 수준까지는 산속 폐관도 필요했다. 하지만 그 단계를 넘어서면 큰 의미가 없었다.

자객지왕이라 불리는 암왕사신류 무예는 피를 보아야

만 앞으로 나아갈 수 있는 특성을 갖고 있기 때문이다.

그렇게 세상을 떠돌아다닌 3년 동안 그는 많은 것을 보고 듣고 또 직접 몸으로 겪었다.

세상은 눈에 보이는 것만이 전부가 아니란 것, 눈에 보이는 것은 이 세계의 진정한 모습에 비한다면 빙산의 일각에도 미치지 못한다는 걸 뼈저리게 느낀 세월이었다.

멜리사가 자리에서 일어났다.

"피곤하구만."

오늘의 대화는 그녀가 평소 사람들과 나누는 것에 비해 많이 길었다.

피할 수 없는 대화인 데다가 소소한 일상을 주제로 삼은 것도 아니었다. 그녀에게 체력적으로 많은 부담이 되었을 터였다.

이혁은 일어나 그녀의 가녀린 팔뚝을 살며시 잡아 부축했다.

"아직도 궁금한 게 많습니다."

"내가 아는 대부분은 자네도 알아."

"모르는 일부가 진짜죠."

멜리사는 걸음을 옮기며 빙그레 웃었다.

"세상에 공짜는 없는 법이라네."

"수업료는 꽤 많이 지불한 것 같은데요. 제라드가 3년 동안 드린 돈이 십몇억 달러는 가뿐하게 넘은 걸로 압니다만?"

"내가 키우는 아이들이 얼마나 많은지 그새 잊었나? 그 액수로는 고통받는 내 아이들의 한 달 식비도 해결 못한다네."

"그건 제 잘못이 아닙니다. 우리나라 옛 속담에 가난은 나랏님도 구제하지 못한다는 말이 있습니다, 멜리사."

"신은 사람이 해결할 수 없는 문제를 시험으로 내지는 않는다네. 신이 원하는 만큼의 노력을 하지 않은 자들의 변명일 뿐이야."

"무신론자이신 줄 알고 있었는데, 아니셨어요?"

"나는 비밀이 많은 할머니라네."

"앞으로 멜리사 어니언(Onion:양파)이라고 불러 드리죠."

"발음이 많이 좋아졌구만. 한국에 돌아가면 손에 피를 묻히며 살지 않아도 되겠어. 영어 강사를 해도 먹고사는 데는 지장이 없을 것 같아."

이혁은 두 손 두 발 다 들었다.

멜리사는 말로 이길 수 있는 상대가 아니었다. 살아오며 그가 말로 이긴 여자가 있기나 했겠냐마는… 더구나 멜리사는 얼마나 살았는지 누구도 모를 만큼 늙은 할머니가 아니던가.

두 사람은 팔짱을 끼고 천천히 걸음을 옮겼다.

드물게 찾아오곤 하는 짧은 평화가 이혁의 발길과 함께하고 있었다.

*　　　　　*　　　　　*

고베 아리마온천.

"주인님, 무스펠하임에서 연락이 왔습니다."

방으로 들어선 사토는 공손하게 고개를 숙이며 말했다. 그의 앞에 고풍스런 유카타를 차려입은 훤칠한 백금발의 청년이 등을 보이고 서 있었다.

"그쪽에서? 하는 일마다 승승장구하는 자들이거늘, 그들이 내게 연락할 정도의 일이 뭐가 있을까? 그동안 애타게 찾던 것의 꼬리라도 발견한 것일까?"

와인을 손에 들고 창밖으로 내려다보이는 온천 골목에

시선을 주고 있던 백금발 청년이 빙그레 웃으며 중얼거리듯 물었다.

사토는 청년과 반대로 웃음기 없는 얼굴로 말을 받았다.

"이번에 나이지리아에서 뜻밖의 좌절을 겪었다고 합니다."

"나이지리아라면… 그쪽 인물이 쿠데타를 준비하고 있다고 들었던 듯한데… 아디마라고 했던가?"

"예, 무스펠하임의 지원을 받은 아디마 살라프가 쿠데타를 준비하고 있었습니다. 그런데 이번에 그가 히트맨에게 제거되었습니다."

와인 잔을 막 입에 가져다 대던 청년의 움직임이 멈췄다. 그는 와인 잔을 내리며 등을 돌려 사토를 똑바로 보았다.

"말이 되나? 무스펠하임이 손을 놓고 있지 않고서야 어떻게 그런 일이 벌어질 수 있나?"

"손을 놓고 있지는 않았던 모양입니다만… 핀과 알리나가 그곳에서 죽었습니다."

"누구라고?"

청년은 자신이 잘못 들었다고 생각했는지 되물었다.

숨길 수 없는 놀람의 기색이 깃들어 있는 목소리였다.

그답지 않은 반응이었다. 그는 감정이라는 걸 거의 느끼지 않는 사람이었으니까. 지금 그가 얼마나 놀랐는지를 알 수 있었다.

사토는 더욱 공손해진 어투로 대답했다.

"핀과 알리나입니다."

청년은 무표정해진 얼굴로 입을 열었다.

"핀과 알리나… 십수 년 전에 네가 시술했다던 36명의 아이 중에 그런 이름이 있지 않았나?"

"맞습니다. 그들 중 두 명입니다. 핀은 염동력자였고, 알리나는 신속 능력을 가지고 있었습니다. 타고난 능력도 작지 않았고, 제가 돌린 혈륜 속에서도 본정신을 유지할 수 있었던 아이들이었습니다. 시술 후에는 만나지 못했지만 지속적으로 능력을 강화시키는데 성공했다고 들었습니다."

"그런 둘이 죽었다면 아디마를 제거한 자도 초상능력 계열의 능력자겠군."

"그게 조금 애매한 것 같습니다."

사토의 대답은 청년이 생각했던 것과 거리가 멀었다.

청년의 눈초리가 가늘어졌다.

그가 물었다.

"무슨 말이냐?"

"전언을 해온 자의 얘기대로라면 그 둘은 제노사이더라는 청부업자에게 살해당한 모양입니다. 저도 전에 들어본 이름이어서 기억을 하고 있는 자입니다만……. 그가 세계 톱클래스의 히트맨임은 사실이지만 무스펠을 상대할 수 있는 초상능력자라는 말을 들어보지는 못했습니다. 오히려 저는 그가 동서양의 무술과 군의 살인 기법을 달인의 경지까지 연마한 자라고 알고 있었습니다. 그가 남긴 현장의 모습을 보고 받은 느낌이 그랬었습니다."

"흥미롭군."

청년의 눈에 빛이 번뜩였다.

그는 천천히 책상다리를 하고 앉으며 와인 잔을 탁자 위에 내려놓았다.

"사토."

"예, 주인님."

"제천회주 야지마에게 연락해라, 내일 보자고."

"알겠습니다."

사토는 허리를 숙여 인사를 한 후 방을 나갔다.

백금발 청년은 와인 잔을 내려다보았다.

잔에는 피처럼 붉은 액체가 삼분지 일쯤 차 있었다.

"혈륜을 돌리고도 살아남은 이를 둘이나 죽일 수 있는 자, 그것도 무술로… 관심을 갖지 않으려야 그럴 수 없지 않은가… 후후후."

혼자 된 방 안에 그의 웃음소리가 낮게 깔렸다.

*   *   *

공항 입국 게이트에 선 여인의 선글라스 속 두 눈에 깊은 감회가 어렸다.

대기선 밖에서 자신을 향해 고개를 숙이는 젊은 여인이 있었지만 그녀에게 시선이 머문 시간은 짧았다.

선글라스의 여인은 공항 내부를 찬찬히 훑어보았다.

"5년 만이네……."

작게 중얼거린 여인은 걸음을 옮겼다.

밖에 기다리던 사람들의 시선이 일제히 그녀를 향했다. 커다란 선글라스로 얼굴의 반을 가리고 있었는데도 그녀의 미모는 완전히 숨겨지지 않았다.

그녀를 기다리던 여인이 다가와서 고개를 숙였다.

"언니, 먼 길 오시느라 고생 많으셨어요."

"고생은 내가 했겠니? 비행기가 했지."

여인, 강시은은 가벼운 어조로 말을 받았다.

"연주도 그새 아가씨가 다 됐네?"

연주라 불린 여인의 입가에 미소가 떠올랐다.

연주가 시은을 마지막으로 보았을 때 그녀는 스물한 살이었다. 그리고 두 사람은 5년 동안 얼굴을 보지 못했다.

시은이 물었다.

"윤성희는?"

"1년 전부터 안산 경찰서 경비교통과에 계장으로 근무하고 있어요. 그녀의 동선은 늘 파악되고 있어서 원하신다면 언제든지 만날 수 있어요."

"계속 숨죽이고 있니?"

"삼촌 윤석구의 죽음을 계속 조사하고 있어요. 심장마비라는 의사 소견을 전혀 믿지 않으니까요. 하지만 감시의 눈길이 24시간 따라붙고 있어서 큰 진척을 보지는 못하고 있어요."

"감시하는 자들은 태양회겠지?"

"예."

"그들의 세력은 더 커졌겠구나."

"급격하게 세가 불었어요. 방해하는 사람들이 없어진 결과죠."

"예상했던 일이야. 하지만 옛말에 열흘 붉은 꽃이 없고, 10년 가는 권세 없다[화무십일홍 권불십년:花無十日紅 權不十年]고 했어. 나는 그 말이 틀리지 않았다는 걸 그들에게 가르쳐 줄 생각이야."

평이하고 밝은 어조였다. 하지만 시은의 말을 들은 연주의 눈은 조금씩 물기에 젖어들어 갔다. 시은이 보낸 지난 5년의 험난함을 잘 알고 있기 때문이었다.

시은이 연주를 돌아보며 물었다.

"혁이는 소식 없지?"

"예."

그녀들 앞으로 중형차 한 대가 와서 섰다.

운전하는 사람도 젊은 여인이었다. 시은과 눈이 마주친 그녀는 눈물을 참느라 붉게 충혈된 눈으로 고개를 숙여 인사했다.

시은은 연주가 문을 열어준 뒷자리에 탔다.

'혁아.'

그녀는 입술을 지그시 물었다.

고국 땅을 밟자 보고 싶은 사람에 대한 그리움이 물밀듯이 가슴에 차올랐다. 하지만 지금은 참아야 할 때라는 걸 그녀는 잘 알고 있었다.

그녀의 두 눈이 매섭게 빛났다.

'태양회… 혁이와 나의 숨이 붙어 있는 한, 싸움은 아직 끝난 게 아니야!'

〈『켈베로스』 제10권에서 계속〉